DE VERWARDE CAVIA

Eerdere boeken van Paulien Cornelisse:

Taal is zeg maar echt mijn ding (2009)
En dan nog iets (2012)

PAULIEN CORNELISSE

de verwarde cavia

kantooravonturen

Omslagontwerp en illustratie Paulien Cornelisse
Boekverzorging Sander Pinkse Boekproductie

ISBN 978 90 824 3020 2

Verspreiding in Nederland: New Book Collective, Amsterdam
Verspreiding in België: Elkedag Boeken, Antwerpen

Een oervorm van *De verwarde cavia* verscheen in 2013 als feuilleton in NRC *Handelsblad*, onder het pseudoniem J. Waterlander.

www.pauliencornelisse.nl

'All of us are guinea pigs in the laboratory of God. Humanity is just a work in progress.'

— Tennessee Williams

'Cavia's waren eerder in de ruimte dan mensen.'

— Het Internet

HÈHÈ

De verwarde cavia was blij dat de feestdagen achter de rug waren. Dat beweerde overigens iedereen op de afdeling, maar Cavia vermoedde dat zij de enige was die het echt meende. Haar collega's hadden het over feesten met veel drank en de auto niet meer kunnen vinden. Cavia dronk niet (of nauwelijks) en dat maakte zulk soort wilde nachten een onmogelijkheid in haar leven. Roy, de receptionist, vertelde dat hij tijdens oud en nieuw drie keer 'royaal' over zijn nek was gegaan.

Zelf had Cavia oudejaarsavond gevierd bij een vriendin die ze nog kende van de studie Communicatie. Die vriendin had drie kinderen, leuke kinderen, heus wel, maar ze werden te weinig uitgedaagd op school en daarom waren ze zo druk. Aldus de vriendin.

Cavia had zich dapper de avond doorgesjoelbakt terwijl de kinderen omstebeurt een woedeaanval kregen. De vriendin had dan met 'naar bed' gedreigd, om ze meteen daarna verbeten te knuffelen.

De man van de vriendin deed niks en was op de bank blijven zitten. In plaats van met zijn ogen te knipperen had hij ze steeds een paar seconden dichtgehouden. 'Hoe is het met je werk?' had hij gevraagd. 'Wat deed je ook alweer?' Hij gaapte al voor Cavia antwoord had kunnen geven. Van de weeromstuit had ze de ene oliebol na de andere gegeten.

De kinderen mochten vuurwerk afsteken. Cavia had ter plekke verzonnen dat vuurwerk te riskant was voor haar vacht en dat ze daarom binnen bleef. Dat ik dat nooit eerder bedacht heb! dacht ze triomfantelijk toen ze eindelijk lekker alleen op de bank zat. Het was een leugen die haar zó goed paste, dat ze er bijna in ging geloven.

Om één uur was ze naar huis gegaan. De man van haar vriendin had haar uit gelaten. Terwijl hij de deur achter haar dichtdeed had ze hem nog net ‘hèhè’ horen zeggen.

En nu zat ze weer rustig aan haar bureau. Het idee dat ze een lade had met paperclips, haar nietmachine, haar ontnietertje, post-its, pennen, potloden, een gummetje – dat hield haar voorlopig op de been.

OPLETTEN

Maandagochtend. Het regende, maar Cavia had besloten om niet te schuilen. Zo kwam ze nat, maar als eerste aan op kantoor, en kon ze nog even rustig googelen op enge ziektes terwijl het leek of ze aan het werk was.

Haar vacht was alweer opgedroogd en ze wist nu bijna alles van krentenbaard, toen er naaldhakken in de gang klonken.

'Goedemorgen,' zei Stella, hoofd Human Resources. Ze gooide de deur open. 'Lekker aan de slag?'

'Ja, even echt in alle rust mijn tanden in die mailing zetten,' zei Cavia. Ze tuurde gespannen naar haar scherm.

'Jaja,' zei Stella.

Kim kwam binnen, haar communicatiecollega. 'Hoihoi!' riep ze. 'Wow, wát een regen, ik bedoel, hallo hee!' Ze kneedde haar natte haar. 'Iemand koffie?'

Iedereen koffie.

Kim begon te vertellen over haar vriend Stanley, de kinderen van haar vriend Stanley, de ouders van haar vriend Stanley en de buren van haar vriend Stanley. Van ieder ander zou Cavia deze veelheid aan informatie onuitstaanbaar vinden, maar van Kim kon ze het hebben. Daar zit geen kwaad bij, dacht Cavia wel eens, zonder precies te weten van wie ze die zin had.

'En Stanley is echt zo van, het vaderschap is alles voor me, en dat begrijp ik ook wel, maar ergens ben ik ook van, ja maar ik dan. Maar ja, dat moet je accepteren als je voor een gescheiden man met kinderen kiest. Of nou ja, kiezen, kiezen.'

'Hoe fascinerend ik het allemaal ook vind,' zei Stella, 'ik heb drie woorden voor jullie: mailing, mailing en mailing.'

Kims gezicht betrok. 'O ja,' zei ze.

Cavia zette de koffiekopjes in de pantry en mailde Kim: 'Let maar niet op haar.'

Even later pingde haar e-mail. Stella. 'Op wie moet ik niet letten?' stond er.

Het zweet brak Cavia uit. Ze had de mail over Stella per ongeluk aan Stella verstuurd.

'Sorry,' mailde Cavia terug, 'dat was een oud mailtje dat nog klaarstond.'

Een verklaring van niets, maar het was Cavia's ervaring dat je dingen nooit te logisch moest proberen te maken.

NIERSTENEN

De telefoon ging en Cavia nam op. Het was een buitenlijn.

'Met Anne-Bet,' klonk het. Anne-Bet was een collega met lang grijs haar die verantwoordelijk was voor de boekhouding.

'Ha Anne-Bet,' zei Cavia, 'wat kan ik voor je betekenen?'

'Ik blijf maar weer thuis vandaag,' zei Anne-Bet, 'want wat blijkt.'

Cavia wachtte, maar begreep na een paar seconden dat er een reactie van haar verwacht werd. 'Ehm, wat blijkt?'

'Tóch nierstenen,' zei Anne-Bet.

'Hè, wat naar voor je,' zei Cavia.

'Niet ik,' zei Anne-Bet, 'mijn hond.' Ze zei het op een toon alsof ze het er vaker over had gehad, en dat was misschien ook wel zo.

'O, sorry, op die manier,' zei Cavia.

'Ja, nou ja, je begrijpt: dit is overmacht,' zuchtte Anne-Bet. 'Geef jij het door aan Stella?'

'Dat is goed. Beterschap.' Cavia hing op.

Ze draaide zich om naar Stella, die net bezig was met haar mobiele telefoon een foto van haar kruin te maken.

'Let me guess,' zei Stella, 'Anne-Bet laat het afweten.'

'Haar hond heeft nierstenen.'

'Ja, altijd als het regent, dan is er iets met de hond. Valt jullie dat ook op?'

Kim en Cavia zwegen.

'Nou goed, ik voer het even in.' Stella bekeek haar telefoon, legde hem neer en begon met haar lange nagels driftig op de toetsen te tikken.

Na de lunch vroeg Kim: 'Moeten we misschien iets sturen aan Anne-Bet?'

'Zeker weer uit de lief- en leedpot?' zei Stella.

‘Niet iets heel duurs,’ zei Kim vlug.

‘De lief- en leedpot is voor huwelijken en écht ernstige ziektes,’ zei Stella. ‘Wat jullie wel mogen doen, is alle bonnetjes van de afgelopen maand aan haar opsturen, dan heeft Anne-Bet nog wat te doen tijdens het mantelzorgen.’

PING

Het beste van haar werk, dacht Cavia, was dat haar bureau bij het raam stond. Tegenover haar zat Kim, en alle twee keken ze uit op de straat. Een rustige straat, die door de platanen die er stonden iets parkachtigs had. Af en toe liep er iemand voorbij of vloog er een halsbandparkiet langs. Die kon Cavia dan heel rustig vanachter haar bureau volgen, met het idee dat ze mindful bezig was.

Stella zat weliswaar een paar schalen hoger, maar die had vanaf haar werkplek geen uitzicht. Niet dat Stella dat nodig had, want ze was voortdurend bezig met haar ordners, haar computer of anders wel haar telefoon.

Ping, klonk het. Cavia checkte wat voor mail er was binnengekomen. Maar er was geen mail. Nog een keer klonk er een ping. Weer geen mail te zien. Ze belde Harm-Jan van IT, maar die nam niet op. Ze herinnerde zich dat hij telefoonangst had. Omdat ze daar soms zelf ook aan leed, kwam het haar eigenlijk wel goed uit. Ze mailde hem dat ze een mailprobleem had. Hij mailde meteen terug: 'Je mag na de lunch wel even langskomen.'

'Fijn dat dat mag,' mompelde ze. Ze schreef 'Na de lunch HJ' op een post-it en plakte die op haar beeldscherm. Dat zag er alvast productief uit.

Ze belde Anne-Bet om te zeggen dat ze de verzamelde bonnetjes van deze maand op zou sturen. Dat werd zuchtend geaccepteerd door Anne-Bet. Op de achtergrond blafte de hond met nierstenen.

Cavia verzamelde alle bonnetjes van iedereen, stopte ze in een envelop, schreef het adres van Anne-Bet erop en voelde zich meteen ontzettend nuttig. Ping, zei haar computer weer. Pong, voegde ze er in gedachte aan toe.

Na de lunch liep Cavia kordaat naar het trappenhuis. Harm-Jan had een jaar eerder van alles aan het mailprogramma veranderd – ze herinnerde zich een lange uitleg over 'alerts' die ontzettend handig zouden zijn. Dat dit systeem nu haperde gaf voldoening. Alsof zij, als anti-techneut, alsnog gelijk kreeg.

Harm-Jan behoorde tot de technisch begaafde minderheid op kantoor. Hij had een tamagotchi uit 1999 die nog leefde.

Aangekomen bij Harm-Jan probeerde ze joviaal te openen met: 'En? Leeft de tamagotchi nog?'

Harm-Jan knipperde bedremmeld met zijn ogen en zei: 'Ehm, nee.'

'O, sorry,' zei Cavia. Moest ze hem nu condoleren? Hij zag er aangeslagen uit. 'Misschien kun je een nieuwe nemen?' zei ze.

Harm-Jan zuchtte en keek uit het raam. 'Waar kwam je voor? Ik heb het heel erg druk.'

OPVANGBAKJE

'Ik heb komend weekend een familieweekend, en ik heb er zooo geen zin in,' zei Roy op samenzweerderige toon. Cavia hing over zijn balie in de ontvangstruimte. Een marmeren hal met een glas-in-loodraam. Op zich mooi, maar er was geen direct licht. Misschien dat Roy daarom altijd zo blij was als er iemand met hem kwam praten.

'Ik moet erheen. Vorig jaar ben ik ook al niet geweest en daar hebben ze maanden over gezeurd.'

'Waar wonen je ouders eigenlijk?' vroeg Cavia.

'In Wantsveld,' zei Roy walgend, alsof Wantsveld in de goelag lag.

'Goh,' zei Cavia, 'ik geloof niet dat ik daar ooit van gehoord heb.'

'Dat is terecht,' zei Roy. 'Het ligt heel ver in het oosten. Ik ben daar achttien jaar gepest omdat ik gay ben. Daarna ben ik heel hard weggerend.'

'Ik hoor helemaal niet aan je dat je uit het oosten komt,' zei Cavia, en ze vroeg zich meteen af of je zoiets tegen iemand kon zeggen. 'Niet dat dat erg zou zijn, hoor,' voegde ze er snel aan toe. 'Ik vind accenten juist leuk!' En nu stoppen, maande ze zichzelf.

Roy staarde duister voor zich uit. 'Ik heb heel lang geoefend om dat accent kwijt te raken.'

Cavia kende Roy niet in deze hoedanigheid. 'Nou, zal ik even een lekkere dubbelsterke cappuccino uit het apparaat toveren?' vroeg ze opgeruimd.

'Hè ja, schat, heerlijk,' zei Roy. Zijn gezicht klaarde alweer op.

Cavia liep naar de pantry, tapte twee cappuccino's, en gooide uit elk bekertje een scheutje weg. Daarna drukte ze op 'espresso' en hield eerst het ene bekertje en toen het andere bekertje onder de straal. Het was een milde vorm van verspilling, en het opvangbakje was eerder vol dan strikt noodzakelijk, maar de cappuccino werd er beter van. Ze liep naar Roy. 'Eén cappuccino doppio voor de meneer uit Wantsveld!' riep ze.

'O, Caaf! Je bent onze eigen kantoorbarista!' jubelde Roy.

Tevreden over dit eenvoudige genoegen liep Cavia naar haar plek. Anne-Bet was er niet, Stella was naar de tandarts. Het was een heerlijke ochtend.

Kim kwam binnen met stroopwafels en ook zij kreeg een cappuccino doppio van Cavia. Om elf uur deden ze nog een rondje, met Roy erbij. Na alle cafeïne ('Cavi-ine!' grapte Cavia) en suiker werkten ze daarna in recordtempo de mailing de deur uit.

Stella keerde terug van de tandarts. 'Ik weet niet of iemand het opgemerkt heeft, maar er ligt een plas koffie in de pantry,' zei ze. 'Is het apparaat stuk of zo?'

'Misschien is het opvangbakje een beetje te vol geraakt?' zei Kim.

Cavia slikte. 'Ik ga wel even kijken,' zei ze.

Juist. De koffieautomaat was overstroomd, en niet zo'n beetje ook. Ze ging op de grond zitten en begon met stukken keukenpapier een zee van koffie en melk op te deppen. Het keukenpapier werd een soort papier-maché, maar dan met koffiegeur.

Stella kwam nog even kijken om te zeggen: 'Dit red je zo wel?' De koffie zat tot in Cavia's vacht.

Die avond ging Cavia vroeg naar bed. Het was al met al een lange dag geweest. Toch kon ze de slaap niet vatten. Pas na twee uur begreep ze hoe dat kwam: haar vacht rook nog steeds naar koffie.

POLAR BEAR

Cavia zat aan haar bureau te denken aan verschillende soorten nootjes en wat haar ideale mix zou zijn. Wel cashew, dacht ze. Geen pistache. Wel pinda, hoewel dat strikt genomen geen noot was.

Roy kwam binnen. Als receptionist moest hij er natuurlijk eigenlijk als eerste zijn, maar dat lukte hem vaker niet dan wel. Roy geloofde niet in wekkers.

'Hee Roy,' zei Cavia. 'En, fijn familieweekend gehad?'

Roy kwam meteen bij haar zitten, op de rand van haar bureau. 'Waar moet ik beginnen,' zuchtte hij. Cavia herinnerde zich eerdere verslagen van de weekends van Roy en zei: 'Nou, doe anders de korte samenvatting.'

Roy lachte. 'Laat ik het zo zeggen, het familieweekend kreeg een onverwacht staartje, want ik ben nog mee geweest met de uitbater van het partycentrum! En dat was een polar bear!'

'Een polar bear?'

'Ja, dat is een gezette man met grijs of wit haar. Ik wilde het wel eens proberen.'

'Goh,' zei Cavia. 'Wat apart. En ben je verliefd?'

'Doe normaal zeg. Nee. Maar ik kan je wel vertellen, ik kan voorlopig niet op een barkruk zitten, want dan zak ik eroverheen.'

Roy was een schat, vond Cavia, maar je moest hem vooral niet uitnodigen tot openhartigheid, want dan waren dit soort uitspraken nog maar het topje van de ijsberg. Ze besloot het onderwerp te veralgemeniseren.

'Zeg, zijn er eigenlijk ook cavia's in de homowereld?'

Roy trok een vies gezicht en zei: 'Nou, als ze er zijn wil ik ze niet kennen. Dat gefriemel.'

Hij zag Cavia betrekken en zei meteen geschrokken: 'Sorry lieverd,

zo was het niet bedoeld. Jij bent juist geweldig.'
'Ja, nee, goed,' zei Cavia.
Roy omklemde haar in een omhelzing. 'Jij bent een topcavia.'
Cavia keek naar het systeemplafond. Een van de tl-bakken sputterde.

OPEN SOURCE

Cavia was vrolijk wakker geworden en van plan deze donderdag al googelend door te brengen. Het was soms hard werken op de afdeling Communicatie, maar als ze eerlijk was, was dat maar heel erg soms. Ze treuzelde op weg naar haar werk, omdat ze het niet kon laten even de kantoorboekhandel in te gaan. Ze kwam naar buiten met tien enveloppen en een mooie viltstift die zilver schreef.

Toen ze eenmaal de kantoortuin binnenstapte, merkte ze meteen dat er iets aan de hand was. Stella liep op hakken en in mantelpak autoriteit uit te stralen. 'Kom op jongens, even allemaal nu die vieze kopjes naar de pantry, dit kan echt niet.'

'Waarom is ze zo in paniek?' vroeg Cavia aan Kim.

'We hebben vandaag die workshop,' zei Kim gejaagd.

O ja, de workshop. Die Stella had geregeld.

Om halftien kwam er een niet-onknappe man de afdeling op. Stella liep naar hem toe. 'Heel erg fijn dat je er bent, Adam.' Ze wreef zich bijna tegen hem aan. 'Stoelen in een kring,' snauwde ze in één adem door naar Cavia.

'Je kunt het honderd keer tegen ze zeggen,' zei Stella glimlachend naar de man die Adam heette, 'maar helpen doet het niet.'

Cavia schoof wat stoelen bij elkaar, en zo zaten ze even later met z'n allen in een kring. Cavia keek verlangend naar haar bureau. De zilveren viltstift lag haar toe te glanzen.

'Hallo allemaal,' zei Adam. 'Ik ben Adam Zevenhuis, en ik heb in het verleden alles, maar dan ook alles fout gedaan wat betreft timemanagement. Ik liep op mijn spreekwoordelijke tandvlees en ik kan het hier meteen wel toegeven, ik heb een burn-out gehad.'

Maar daar is hij natuurlijk sterker uitgekomen, dacht Cavia.

'Maar ik ben er sterker uitgekomen, en ik heb besloten om mijn kennis – want dat is het, kennis – te delen met anderen. Ik ben totaal open source geworden, daar geloof ik ook heel erg in.'

Cavia probeerde oogcontact met Roy te krijgen, maar die keek over haar hoofd heen naar buiten.

'Vingers,' zei Adam. 'Wie is er wel eens meer dan een uur aaneengesloten aan het ronddwalen op internet?'

Cavia wilde haar poot al opsteken maar ze zag dat Stella spiedend de kring rondkeek. Met Human Resources erbij kon je maar beter niet te eerlijk zijn.

MOTTO'S

De workshop Timemanagement liep op z'n eind. Het had bij elkaar vier uur geduurd, maar nu had Cavia tenminste wel een poster gemaakt met haar motto erop. Eerst had ze tegengestribbeld en tegen Adam gezegd: 'Ik geloof niet zo in motto's, geloof ik.'

'Maakt niet uit,' had Adam joviaal geantwoord, 'als je maar wat opschrijft. Want ergens zit er dan toch wel een waarheid in. Jouw waarheid.'

Stella had opgeschreven: 'Samen ervoor gáán!' Bij Kim stond: 'Leven is het meervoud van lef.' Cavia had een halfuur zitten zuchten en uiteindelijk opgeschreven: 'Iedereen heeft een talent.' Dat vond Adam geweldig. 'Zie je wel?' zei hij. 'Dat is dus jouw waarheid!'

Toen iedereen zijn motto had voorgelezen, nam Adam weer het woord. 'Ik vind jullie een heel bijzondere – en mooie – groep. Echt heel mooi. Heel veel krachtige motto's. En nu gaan we die motto's,' hij sloeg zijn handen ineen, 'connecten. Dus pak een papiertje en schrijf een boodschap aan iemand in de groep. Want alleen door met elkaar begaan te zijn, kun je samen vooruitkomen!'

Cavia besloot het dit keer simpel aan te pakken en schreef snel een briefje voor Roy waarop stond: 'Je bent een mooi mens.' Ze hoopte dat hij de ironie zou begrijpen. Zelf kreeg ze een briefje van Stella. 'Stel dat er alleen maar halfvolle glazen zouden bestaan!!!' stond er. Cavia interpreteerde dit als een aanval.

Toen ging Adam weg en kon Cavia lekker weer achter haar bureau zitten, bij haar nieuwe zilveren viltstift. Ze vroeg zich af of er in de workshop überhaupt iets aan bod was gekomen wat te maken had met timemanagement. Ze dacht het niet.

Roy kwam naar haar toe en zei, met tranen in de ogen: 'Dank je, Caaf.'

'Graag gedaan,' zei Cavia.

INGREEP

Cavia vertelde dat ze die vrijdag een vrije dag zou nemen om naar het ziekenhuis te gaan. Er moest een kleine ingreep plaatsvinden. 'Niets ergs!' riep ze erachteraan.

Een endoscopie was niet iets om je voor te schamen, behalve dat je je er kapot voor schaamde.

'Gaat het wel?' mailde Kim, en Cavia mailde een 'ja hoor' terug.

's Middags, na de lunch, stokte het gesprek ineens toen Cavia binnenkwam. Kim keek schuldbewust, en iedereen leek geconcludeerd te hebben dat ze ernstig ziek was.

Zoiets kon je irritant vinden, maar Cavia besloot voor de verandering dat het glas halfvol was en de sympathie die haar ten deel viel ten volste uit te buiten. Er werden bonbons gehaald. En echt lekkere koffie van het koffietentje om de hoek.

Zo werd het ineens een gezellige middag. Tot Stella begon over haar tante die een ziekenhuisbacterie had gekregen en toen 'binnen vijfenzestig uur' was overleden. 'Je loopt gezond een ziekenhuis in en je wordt er horizontaal weer uit gedragen,' concludeerde Stella. 'Door één streptokok.' Ze merkte niet dat iedereen haar priemend aankeek.

Op vrijdag liep Cavia door de kou van de bushalte naar het ziekenhuis. Het begon zachtjes te sneeuwen. Wat als ze zelf ook een streptokok zou aantrekken? Dat kon best. Muggen hadden het ook altijd op haar voorzien. Cavia probeerde het leven, nu ze het nog had, wat meer te waarderen. Dat lukte maar matig.

OBSTIPATIE

Cavia zat in een klein kamertje bij de endoscopieverpleegkundige. Aan de muur hingen tekeningen van het maagdarmkanaal. Cavia keek naar buiten. 'Mooi altijd wel, zo'n witte wereld,' zei ze om ontspannen over te komen. Ze wees naar het voorzichtige sneeuwbuitje dat begonnen was.

'Ja, nou!' zei de verpleegkundige, en ze pakte er een vragenlijst bij.

'Spreekt u Nederlands?' vroeg ze, en ze antwoordde zelf: 'Ja, want u zei net wat.' Ze vulde 'ja' in op de vragenlijst.

'Hebt u verder nog ergens last van?'

'Nou ja, last,' zei Cavia. 'Ik heb dus wel eens een beetje last van constipatie.'

'Cónstipatie of óbstipatie?' vroeg de verpleegkundige.

'Wat is het verschil?'

'Obstipatie is harde poep.'

'O. Dan heb ik obstipatie,' zei Cavia.

'Ob... sti... pa... tie...' De verpleegkundige praatte mee met wat ze opschreef.

'Maar wat is dan constipatie?' vroeg Cavia. 'Puur uit interesse, hoor.'

De verpleegkundige zei opgeruimd: 'O, constipatie gebruiken we helemaal niet meer!'

Toen de vragenlijst klaar was moest Cavia op de weegschaal gaan staan. Ze bleek veel zwaarder dan ze de afgelopen vijf jaar had aangenomen.

'Bent u zenuwachtig voor wat er zo dadelijk gaat gebeuren?' vroeg de verpleegkundige.

Cavia moest denken aan de tante van Stella. 'Ik ben een beetje bang voor een streptokok,' bekende ze, 'of slaat dat nergens op?'

De verpleegkundige zuchtte.

'Daar is vrijwel iedereen bang voor, terwijl, het gaat – bij wijze ván – negenennegentig keer goed en één keer fout.'

Cavia vond één procent kans op een streptokok niet zo geruststellend, maar ze besloot de discussie maar niet te beginnen.

GROUP HUG

Na de ingreep mocht Cavia de hele dag thuisblijven en series kijken, en ook in het weekend deed ze maar zo weinig mogelijk. Er was geen streptokok op haar pad gekomen, en dat feit alleen was al reden voor een feestelijk gevoel. Daarom ging ze zondagochtend naar buiten om gezellig met zichzelf koffie te drinken, maar het koffietentje was dicht. Het bruine café naast de kantoorboekhandel was wel open, maar daar zaten twee oude mannen boven hun glaasje jenever met lege blik naar buiten te staren, als een reclame tegen alcohol, of ouderdom, of tegen het leven zelf. Cavia zag dit als een teken dat er thuis op de bank naar een nieuwe serie gekeken moest worden.

Op maandag ging ze gewoon weer aan het werk. Daar leek niemand zich te herinneren dat ze in het ziekenhuis was geweest, en Cavia betrapte zich erop dat ze steeds expres even kreunde als ze opstond. Niemand vroeg haar wat er scheelde. Alleen Stella merkte zogenaamd out of the blue op: 'Je weet dat de aftakeling is begonnen als je gaat zuchten en steunen.'

Cavia besloot er maar weer mee op te houden. Er was nu eenmaal veel in het leven dat men in stilte diende te dragen.

Met de lunch at ze een kroket. 'En ik had nog wel besloten om vegetariër te worden,' bekende ze aan Roy.

'Ah, joh, dan word je toch flexitariër?' zei Roy ruimhartig.

Aan het eind van de middag belde de vriendin die ze nog kende van de studie Communicatie. Ze vroeg of Cavia die avond kon oppassen op haar drie kinderen, zodat zij en haar man wat together-time konden hebben. 'Het is heel erg nodig,' zei de vriendin licht paniekerig. Alsof haar man met zijn koffers in de hand stond, klaar om haar te verlaten.

'Nou, ik zou dolgraag willen,' loog Cavia, en ze dacht terug aan oudejaarsavond, 'maar ik zit nog met die ingreep, helaas...'

Dat begreep haar vriendin natuurlijk volledig. Ze zou wel wat anders verzinnen. Nee, echt, geen probleem.

Toen Cavia de telefoon neerlegde kwam Roy haar een high five geven. 'Daar ben je mooi onderuit gekomen!' zei hij.

'Maar ik had echt een ingreep,' sputterde Cavia.

Roy gaf haar een knuffel en zei: 'Weet ik toch, schat.' Daarna riep hij heel hard 'group hug!' Maar niemand kwam erbij staan.

HORIZON

Toen Cavia thuiskwam van haar werk, lag er een brief op de mat. Van Rogier, haar ex. Zuchtend zette Cavia water op voor thee. Dan kon je er maar beter een moment van maken. Ze mocht er van zichzelf een stroopwafel bij.

Het was al twee jaar uit, maar toch zocht Rogier regelmatig contact met Cavia. Soms belde hij. Dan begon hij met 'hoe ís het met je', om vervolgens over zichzelf te vertellen. Nu was het blijkbaar tijd voor een brief. Altijd als hij haar iets te melden had ging het min of meer over het volgende: hij had het dan weliswaar zelf uitgemaakt, en daar stond hij ook 'nog steeds volledig achter', maar: hij voelde zich toch rot over hoe het allemaal gegaan was. 'Want ik ben ergens gewoon een ongelooflijke lul geweest,' schreef hij dit keer manhaftig. 'Ik had het eerst netjes met jou moeten uitmaken en daarna pas weer nieuwe horizonnen moeten gaan verkennen.'

'Horizonten,' zei Cavia hardop.

Het was niet dat ze zijn goede bedoelingen in twijfel trok, maar ze snapte gewoon niet waarom zij elke keer weer op de hoogte gesteld moest worden van wat Rogier allemaal dacht en voelde.

In de brief kwam ook zijn nieuwste vriendin aan bod, Juliette. 'Je vindt het toch niet erg dat ik over haar vertel, Caaf?'

Ik ben je Caaf niet, dacht Cavia.

Juliette vond dat Rogier moest proberen om een vriendschap op te bouwen met Cavia, want het was te puberaal voor woorden om geen contact meer te hebben met je ex.

Dan maar puberaal, dacht Cavia, en ze deed de brief terug in de envelop. Vervolgens plakte ze de brief dicht met plakband. Duidelijk in haar eigen handschrift schreef ze: Verhuisd, retour afzender.

Puberaal, dat wist ze. Maar leuk puberaal.

HARTSTIKKE NORMAAL

Cavia wist wel dat ze de brief van haar ex nooit 'retour afzender' had moeten sturen. Zoiets was vragen om moeilijkheden. Het was een rustige dinsdagmiddag op de afdeling toen ze Roy hoorde zeggen: 'Ik zal even kijken of ze er is.' Haar telefoon ging. 'Cavia, ik heb hier bezoek voor je. Juliette Everdingen.'

Cavia hield even haar adem in en probeerde zachtjes uit te ademen, voor het geval ze op speakerphone zou staan. 'Ik kom eraan,' zei ze toen.

Voor de balie stond een dunne vrouw met rood haar. Ze had groene ogen waarmee ze Cavia intens aankeek. 'Ik ben Juliette. Van Rogier,' zei ze.

'O, ehm, hallo,' zei Cavia. Daarna was het stil. Roy keek gespannen toe. Toen ze de klok hoorde tikken begreep Cavia dat ze misschien nog iets moest zeggen. 'Wat kan ik voor je doen?' zei ze.

'Ik wilde gewoon eens even kennis komen maken,' zei Juliette. Ze had een harde stem voor zo'n dunne vrouw. 'Want ik vind het, als ik dat mag zeggen, opmerkelijk dat jij en Rogier geen normaal contact met elkaar hebben. Ik heb met al mijn exen een hartstikke normaal contact.'

Cavia vroeg zich af wat 'hartstikke normaal' eigenlijk betekende. 'Ik vind enige afstand zelf wel prettig eigenlijk,' zei ze, aarzelender dan de bedoeling was.

'O,' zei Juliette. Ze bewoog niet.

De klok tikte weer.

'Cavia, je bent laat voor die vergadering,' zei Roy.

'Welke vergadering?' vroeg Cavia.

'Die vergadering.' Hij keek haar veelbetekenend aan.

Cavia begreep dat ze gered werd. Juliette begreep het ook. 'Nou, dan ga ik maar,' zei ze. 'Maar fijn om je nou eens op een normale manier ontmoet te hebben.'

'Ja, fijn,' zei Cavia. 'Ik moet nu helaas een vergadering in.'

'Ja, nee,' zei Juliette. 'Ik ben weg.' Ze glimlachte dun en liep naar de deur.

'Leuk je ontmoet te hebben,' riep Cavia haar na.

LOVE IT

Na het incident met Juliette had Cavia besloten dat ze het leven voortaan op haar eigen voorwaarden ging leven. Te beginnen met het afdwingen van de lente. De vorst zat weliswaar nog in de grond, maar dat deerde niet. 'Ik zat erover te denken om dit weekend te gaan wandelen, een dagje,' zei ze tijdens de lunch.

'O, wandelen! Love it!' riep Roy. 'Ik ga mee, goed? Lekker uitwaaien! Wie gaat er nog meer mee?'

Hij kreeg geen bijval. Kim zei: 'Stanleys ouders zijn over vanuit Curaçao. Dus...'

Harm-Jan van de IT schoof naar binnen. Hij probeerde onopgemerkt een map op het bureau van Stella te leggen. Iedereen keek naar hem, waarop hij rood werd.

'Wil jij ook mee?' hoorde Cavia zichzelf vragen.

'Waarheen?' vroeg Harm-Jan.

'Wandelen,' zei Cavia. 'Roy en ik gaan dit weekend lekker uitwaaien, en wie zin heeft...'

Harm-Jan slikte. 'Nou, goed,' zei hij. En hij schoof weer weg.

'Wilde hij wel?' vroeg Kim. 'Hij keek zo ongelukkig.'

'Maar ik kon hem toch moeilijk níét vragen,' zei Cavia.

'Nou, dat had heel makkelijk gekund, want hij had helemaal niet gehoord waar je het over had,' zei Stella. 'Maar goed, hij is in principe volwassen dus je zóú kunnen verwachten dat hij iets zal weigeren als hij er geen zin in heeft.'

'Ah joh,' zei Roy relativerend, 'ook al wil hij het niet echt, het is wel goed voor hem. Even de wind door de haartjes!'

BRANDGANS

Het was een vreemd gezelschap: Cavia, Roy en Harm-Jan. Ze liepen door een polder of een kwelder, Cavia had het informatiebord wel bekeken maar niet echt in zich opgenomen.

De NS-wandeling had het drietal eerst door een post-apocalyptisch recreatiegebied gevoerd vol aangelegde vennetjes met enge, verlaten strandjes. Cavia telde wel drie verkrachterstunneltjes. Roy was er niet mee bezig, die werd continu gebeld door allemaal vrienden, tegen wie hij steeds zei: 'Nee, aan het wándelen! Ik ben aan het wándelen! Can you believe it? Ik ook niet!'

Toen de omgeving er eindelijk uit begon te zien als een schoolplaat, was Cavia in haar hoofd aan het luisteren naar een zelfverzonnen mantra: 'Elke stap is een stap dichter bij het station.' Harm-Jan zei helemaal niets. Misschien liep hij ook naar een mantra te luisteren.

Ze kwamen langs een veldje waar ganzen met zwarte nekken in de grond aan het porren waren. Het zag er gezellig uit. 'Kijk, ganzen,' zei ze tegen Harm-Jan.

'Om precies te zijn, brandganzen,' zei Harm-Jan. 'Die overwinteren hier. Vanuit Spitsbergen.' Het was het eerste wat hij die wandeling had gezegd.

'Wow,' zei Cavia. 'Je weet er echt wat van af.'

'Niet echt, hoor. Mijn opa heeft geprobeerd me wat bij te brengen. Die werkte bij Staatsbosbeheer.'

Cavia had het niet verwacht, maar de rest van de wandeling was het best gezellig. Roy belde vrolijk door en Harm-Jan vertelde over zijn lievelingsvogels.

RAKKERS

Het regende weer eens en zoals gebruikelijk was Cavia haar paraplu vergeten. Met een natte vacht kwam ze de afdeling op. Stella zat even verderop haar mascara bij te werken en keek zijdelings naar Cavia, met een blik alsof ze iets vies proefde. 'In het vervolg misschien een poncho mee in de werktas?' vroeg ze.

'Mja,' antwoordde Cavia zo luchtig mogelijk, en ze ging tegen de verwarming zitten om eens lekker op te drogen. De verwarming was heet en rook naar kantoorstof dat langzaam geroosterd werd.

Kim kwam binnen met een gezellige stippenparaplu en riep meteen: 'Oké, zo raar? Wat ik net zag? Volgens mij stapte Ruud uit de tram!'

Ruud? Die controller die drie jaar geleden was vertrokken naar een Amerikaans bedrijf? 'Sorry mensen, maar het moet van mijn portemonnee,' had hij bij zijn afscheid gezegd. Hij was een gangmaker geweest, maar wel zo'n gangmaker die ervoor zorgde dat hij tijdens borrels altijd met een van zijn vrouwelijke collega's in de pantry terechtkwam, of die collega daar nou op zat te wachten of niet. Cavia keek naar het raam, waar de regen nog steeds tegenaan sloeg. Ruud droeg een dasspeld. En Ruud had de afdeling altijd aangesproken met 'rakkers'. Dat was zo'n beetje het beeld dat bij Cavia was blijven hangen.

'Of misschien was het iemand die op Ruud leek?' zei Kim. 'Een dubbelganger, zeg maar?'

'Nou, dat denk ik niet,' zei Stella. 'Want Ruud wordt hoofd Financiën. Op korte termijn, lees: vanaf vandaag.'

'Waarom?' vroeg Cavia. 'Wat is er dan mis met Anne-Bet?' Maar Cavia herinnerde zich meteen de hond met de niersteńen.

'Wat is er dan mis met Anne-Bet? Anne-Bet is er mis met Anne-

Bet,' zei Stella. 'Ik denk dat Ruud in ieder geval met een héél frisse blik gaat kijken naar de efficiency van bepaalde afdelingen en medewerkers binnen dit bedrijf.'

Bij 'bepaalde' keek ze naar Cavia.

Toen ging de deur open. 'Dag rakkers,' klonk het.

RUUD

Iedereen had z'n handtekening gezet op een kaart voor Anne-Bet. Er was een gigantisch boeket bezorgd, betaald uit de lief- en leedpot. 'Strik eromheen, niks meer aan doen,' had Stella opgeruimd gezegd. En toen was Ruud hoofd Financiën.

Sindsdien was Cavia harder aan het werk. Niet dat Ruud daarom gevraagd had, maar hij leek alles in de gaten te houden. Toen hij nog maar drie dagen bezig was, had hij tijdens de lunch vrij luid gezegd: 'Nou, hoe ik het zie: wie voor zesendertig uur betaald wordt, moet ook zesendertig uur werken. Ben ik misschien heel simpel in, hoor!' Hij was op een joviale manier dreigend.

Op dinsdag kwam Harm-Jan neergedaald van de IT-afdeling om een USB-stick met vijfduizend vogelgeluiden op Cavia's bureau te leggen. Nog voor hij goed en wel de kamer weer uit was, zei Ruud: 'Wie was dat?'

'Harm-Jan,' zei Cavia zo zacht mogelijk.

'Harm-Jan? Die gast met die tamagotchi? Tjezus, dat die hier nog werkt.'

Cavia was bang dat Harm-Jan het gehoord had. 'Zijn tamagotchi is trouwens niet meer,' zei Cavia, en ze haatte zichzelf meteen omdat dat olijker klonk dan bedoeld.

'Nou, dan is Harm-Jan één stap dichter bij de volwassenheid,' zei Ruud.

Aan het eind van de dag stond Ruud ineens achter haar. Cavia was blij dat ze niet net op dat moment medische symptomen aan het googelen was.

'Ken jij Juliette Everdingen?' vroeg hij, zonder enige inleiding.

'Nou, kennen, kennen,' zei Cavia, terwijl ze snel probeerde te raden waar dit heen ging, 'ze is de nieuwe vriendin van mijn ex.'

'Precies,' zei Ruud, alsof ze een quizvraag goed beantwoord had. 'En die Juliette is dan toevallig weer míjn buurvrouw.' Hij keek haar aan met een 'nou jij weer'-blik.

'Goh,' zei Cavia, 'zo zie je maar.'

'Leuke vrouw, die Juliette,' zei Ruud mijmerenderwijs. 'Ze is letterlijk en figuurlijk de girl next door, maar ze heeft ook iets mysterieus.' Hij keek Cavia aan: 'Of vind je dat niet leuk om te horen?'

ZUCHT

De telefoon ging. Na hij vier keer had gerinkeld, besloot Cavia dat zij hem dan maar op moest nemen. 'Communicatie,' zei ze zo zakelijk mogelijk.

Aan de andere kant van de lijn werd gezucht.

'Hallo?' zei Cavia.

'Ja, hallo,' klonk het vlak, 'met Anne-Bet.'

'Hee, Anne-Bet!' zei Cavia, met meer enthousiasme dan ze ooit had kunnen opbrengen toen Anne-Bet nog bij hen werkte.

'Ik dacht, ik bel eens. Om te vertellen hoe het gaat,' praatte Anne-Bet door.

'Ja, leuk!' zei Cavia.

Nou, leuk was het niet, volgens Anne-Bet, want het vinden van nieuw werk was onmogelijk en ze zat thuis met haar zieke hond. 'Ik wilde anders wel bij de kinderboerderij gaan werken,' vertelde Anne-Bet, 'maar daar nemen ze alleen mensen met een verstandelijke handicap aan. En het is trouwens ook onbetaald.'

'Ja, dat schiet niet op,' empathiseerde Cavia. Ze zag dat Ruud binnenkwam.

'En ik heb geprobeerd een uitkering aan te vragen, maar dan willen ze dat ik ga solliciteren... Maar hoe oud ben ik inmiddels. Vijfenvijftig.'

'Mm-mm,' zei Cavia. Ze maakte wat nep-aantekeningen zodat Ruud zou denken dat ze een zakelijk gesprek aan het voeren was.

'Gelukkig heb ik m'n koor nog,' zei Anne-Bet.

Ruud keek kritisch naar Cavia, wees op zijn horloge en zei hard: 'Vergadering.'

'Ehm,' onderbrak Cavia Anne-Bet, 'ik moet nu helaas even een vergadering in...'

'O, oké, ja,' zei Anne-Bet, 'jij hebt natuurlijk echte dingen te doen. Ga maar. Dan ga ik wel...' Ruud was Cavia nog steeds aan het bekijken.

'Ik moet nu echt gaan, we praten gauw verder,' zei Cavia en ze legde neer.

Nu zou ze Anne-Bet op een later tijdstip moeten terugbellen.

IETS LEUKS

Toen Cavia wakker werd, wist ze even niet welke dag het was. Zaterdag? Na heel lang nadenken bedacht ze dat het donderdag moest zijn. Vanwaar dan toch al dat weekendgevoel? Ze voelde zich licht en onbezorgd.

'Vandaag gaat er iets leuks gebeuren,' zei ze hardop, en ze rekte zich uit.

Haar collega Kim had haar geleerd dat je dingen hardop moest zeggen, want dan zouden ze echt gebeuren. 'Je moet het vragen aan het universum,' had ze gezegd. Zelf stond Kim bijvoorbeeld elke ochtend voor de spiegel en zei dan hardop tegen zichzelf: 'Ik ga een cd opnemen. Ik ga een cd opnemen. Ik ga een cd opnemen.' En daarna werkte ze de hele dag op de afdeling Communicatie.

In het kader van het leuke dat zou gebeuren, stond Cavia snel op en besloot onderweg dure koffie te gaan drinken in het koffietentje om de hoek. Met een kaneelcroissant erbij!

Met schwung kwam Cavia de afdeling op en gooide haar jas over een stoel.

'Een trenchcoat?' vroeg Stella van Human Resources.

'Ja,' zei Cavia, 'ook al heb ik geen taille.' Voor één keer was ze Stella voor. Daarna begon ze lekker aan een mailing die nog lang niet af hoefde.

Om vijf uur was er nog steeds niets leuks gebeurd. Vlak voor Cavia haar computer wilde afsluiten, kwam er een mailtje binnen. Van Rogier, haar ex.

Niet weer, dacht ze. Ze klikte het mailtje open.

Geen lawine van zelfverwijt dit keer. Juliette Everdingen en Rogier Groen hadden het genoegen haar uit te nodigen voor hun bruiloft. Er zou nog een echte uitnodiging volgen, maar dit was alvast een 'save the date'.

Het was duidelijk: Rogier vond zichzelf geen lul meer.

In haar trenchcoat sjokte Cavia weer naar huis. Het duurde een tijdje voordat ze zich realiseerde: er was vandaag inderdaad iets leuks gebeurd. Alleen niet voor haar.

VACHT

Cavia had slecht geslapen omdat ze zo nodig had moeten dromen over Juliette. In de droom had Juliette haar stevig omhelsd en gezegd: 'Ik ben zó blij dat jij ook zo lekker lichamelijk bent!'

Maar ik ben helemaal niet lekker lichamelijk, had Cavia gedacht. Zelfs in haar droom had ze Juliette niet willen teleurstellen. Ze had zich voorzichtig uit de omhelzing proberen los te maken. 'Ik moet even naar de wc,' zei ze, en ze werd wakker van haar eigen stem.

Het was al veel te laat. Zo snel als ze kon stond ze op en liep met een boterham met pindakaas naar buiten.

Op kantoor ging ze meteen even naar de wc om te checken of er geen kruimels in haar vacht zaten. Het viel mee. Wel zag ze dat haar haar zó verward zat, dat het de naam 'out-of-bed look' niet meer mocht hebben. Zeker wanneer die look zich uitstrekte over je hele rug. Ze probeerde de vachtverwarring zo symmetrisch te maken dat het een keuze leek. Het was niet altijd makkelijk om een cavia te zijn.

Toen ze eindelijk haar entree maakte, riep Ruud meteen op beschuldigende toon: 'Goedemiddag!'

'Sorry,' mompelde Cavia.

Ze begon de dag met het weggooien van oude mailtjes uit haar inbox. Er zaten er nu negenhonderd in. Dat was te veel, en er was een systeem dat ze diende toe te passen waardoor ze altijd een lege inbox zou hebben. Maar wat dat systeem was, wist Cavia niet meer. Toen ze haar inbox tot zevenhonderdvijftig mailtjes had teruggebracht, bedacht ze dat ze in haar droom veel te sociaal-meegaand was geweest, en net tegen Ruud ook weer. Daar moest maar eens verandering in komen.

'Ruud?' zei ze.

'Jaha?' antwoordde hij, haar toon nadoend.

'Ik was wat later omdat ik thuis wat nieuwe ideeën voor de Communicatie-afdeling aan het uitwerken was.'

Ruud keek niet op.

'Besparende ideeën,' voegde ze eraan toe. En jawel, hij keek haar aan.

'Nou, Cavia. Wat een initiatief. Ik zou zeggen: einde van de dag even over praten?'

Oei.

IDEEËN

Cavia mailde aan haar collega Kim: 'Ik heb een probleem, want ik heb zogenaamd besparende ideeën voor onze afdeling. Maar die heb ik niet. Weet jij anders wat? Iets met besparen op postzegels?'

Kim mailde bijna meteen terug: 'Ik ben een beetje bang dat als we het over besparen gaan hebben, Ruud mij wil ontslaan. Dus nee.'

Cavia antwoordde: 'O, sorry! Zo had ik er nog niet eens over nagedacht. Maar ik weet bijna zeker dat hij mij eerder wil ontslaan dan jou, hoor!'

Nu werd Cavia zelf ook zenuwachtig. Ze googelde 'besparen communicatie' en kwam tips tegen als: 'Betrek alle geledingen van uw organisatie en vraag ideeën en input van iedereen voor een slimmer en goedkoper communicatieproces.'

De rest van de dag besteedde Cavia aan hopen dat Ruud haar zou vergeten. Maar om halfvijf zei hij: 'Cavia. Nu even naar de vergaderruimte?'

Gezeten op de lederen vergaderstoel voelde Cavia meteen hoe ze door haar vacht heen zweette. Ze hoopte dat het niet te ruiken was. Ruud ging tegenover haar zitten en zei: 'Ik luister.'

Op de tv zouden ze er nu een krekelgeluid onder monteren, dacht Cavia.

Ruud tikte met zijn pen.

Cavia schraapte haar keel en zei: 'Ik denk dat het handig zou zijn als we iedereen om input vragen voor een slimmer en goedkoper communicatieproces. Zodat het communicatieproces, zeg maar, slimmer en goedkoper wordt.'

Ruud zei: 'Een ideeënbus, zeg maar?'

Cavia knikte: 'Ja, maar dan een ideeënbus twee punt nul, als het ware.'

‘Hm,’ zei Ruud, ‘oké, why not. En wat nog meer?’
‘Besparen op postzegels?’ probeerde Cavia. ‘Door, eh, inzet van de sociale media?’
‘Juist,’ zei Ruud, ‘sociale media. Nu gaat het ergens over.’
Cavia ademde zachtjes uit.

GOEDERTIERENHEID

Nadat Cavia zichzelf bij Ruud in de kijker had gespeeld door over sociale media te beginnen, was ze bang dat zij uit naam van de afdeling Communicatie moest gaan twitteren. Dat bleek niet het geval. Kim moest ermee aan de slag.

Kim vond het eigenlijk wel leuk en riep nu de hele dag dingen over 'hashtag durf te vragen'. Haar mailtjes stonden trouwens ook ineens vol hashtags. Cavia onthield zich van commentaar, allang blij dat zijzelf gewoon rustig haar la met paperclips en punaises kon opruimen zonder dat ze dat wereldkundig hoefde te maken.

Omdat de zon scheen besloot Cavia in een bui van goedertierenheid Anne-Bet op te bellen. Of eigenlijk meer uit schuldgevoel, als ze eerlijk was.

Toen Ruud met lunchpauze was, pakte Cavia de telefoon en toetste Anne-Bets nummer in.

De telefoon ging maar één keer over: 'Met Anne-Bet Roeselman.'

'Ha Anne-Bet, met Cavia. Nou, je zat erbovenop zeker?'

'Ik zit naast de telefoon, ja,' zei Anne-Bet, 'voor het geval er iemand belt.' Anne-Bet was er het type niet naar om de schijn op te houden.

'Hee, maar, hoe is het nou?' probeerde Cavia zonnig.

'Hoe is het,' herhaalde Anne-Bet. 'Ik weet niet hoe het met jou zou zijn als je thuis zou zitten en je hond had nierstenen.'

'Ach, nog steeds,' zei Cavia zo meelevend mogelijk. 'Kun je daar iets tegen doen? Cranberrysap geven of zo?'

Anne-Bet lachte schamper. 'Als je een hond cranberrysap geeft, gaat-ie dood. Op termijn dan.' Toen was het een tijdje stil.

'Zal ik anders eens langskomen?' vroeg Cavia. 'Voor de gezelligheid, zeg maar?'

'Goed hoor,' zei Anne-Bet.

LANGS

Het was zaterdag, en Cavia liep door de wijk waar Anne-Bet woonde. 'Ik wist niet dat je zo dik met haar was,' had Kim op vrijdag nog gezegd. 'Dat ben ik ook niet,' had Cavia geantwoord, 'maar ik vind het zielig dat ze alleen thuis zit.'

Cavia had zich die ochtend over haar afkeer van dierenwinkels heen gezet en een nepbot voor Anne-Bets hond gekocht. De hond met nierstenen.

Het huis van Anne-Bet stond in een hofje waar alleen vrouwen mochten wonen. Dat had iets fatalistisch, maar aan de andere kant heerste er een ongekende rust en was het middenperkje bijna Engels in z'n aangeharktheid.

Cavia belde aan en meteen begon de hond met nierstenen te blaffen. Het was een diepe blaf. Ze hoorde Anne-Bet 'even stil' roepen, waarna de deur openging.

'Ha,' zei Anne-Bet, 'nou, je bent de eerste die de moeite neemt om langs te komen.'

Cavia hield het nepbot feestelijk omhoog. De hond begon meteen te trillen en Anne-Bet greep hem bij zijn halsband. 'Doe maar even weg,' zei ze, 'anders moet ik hem zo van je aftrekken.'

Geschrokken stopte Cavia het nepbot weer in haar tas. Daarna mocht ze naar binnen, waarbij ze zich langs de hond moest wringen die trillend tegen haar tas aan begon te schurken. 'Zo, moet je even snuffelen?' vroeg Cavia, hopende dat ze als een hondenliefhebber klonk.

'Koffie dan maar?' vroeg Anne-Bet.

Even later zaten ze op het minuscule rotan bankstelletje in de huiskamer.

Cavia hield met een schuin oog de hond in de gaten. Die op zijn beurt haar in de gaten hield. Aan de muur hing een gigantische donkerbruine staartklok die de kamer kleiner maakte.

'Mooie klok, is die Fries?' vroeg Cavia.

'Ja. Ik ben er een keer bij *Tussen Kunst en Kitsch* mee geweest.'

'Wow,' zei Cavia.

'Maar hij was niets waard,' zuchtte Anne-Bet.

CHAMPIGNON

Het groen van de plataan voor het raam maakte Cavia een beetje droevig. Een nieuw voorjaar, maar nog steeds was er niets veranderd in haar leven. Om zich te herpakken haalde ze koffie.

'Heb je het zwaar?' vroeg Roy.

'Ja,' zei Cavia gedachteloos.

'Je moet lekker gaan daten.'

'Nou, wie weet,' zei Cavia sarcastisch.

'Ja?' riep Roy hoopvol. 'Zal ik helpen? Even een profieltje voor je aanmaken op een datingsite?'

'Nee, dank je,' zei Cavia.

Ze dacht terug aan een interessetest die ze ooit had gedaan. Daar was uitgekomen dat ze 'iets met mensen' moest gaan doen. Ze begreep niet hoe dat er ooit uit had kunnen komen. Waarschijnlijk kwam het doordat de hele test uit tweekeuzevragen had bestaan. 'Wil je liever champignonkweker worden of dominee?' Cavia begon te vermoeden dat ze nu in de communicatie werkte, omdat ze destijds een aversie tegen de champignonbranche had gehad.

MARMOT

De lente was amper begonnen of het ging op kantoor al over de zomervakantie. Cavia had er nog helemaal niet over nagedacht. 'Wat ga jij doen?' vroeg ze aan Kim.

'Wij moeten naar Curaçao, naar Stanleys ouders,' antwoordde ze.

'Nou, noem dat maar moeten!' riep Ruud door de hele kantoortuin heen. 'Mevrouw móét naar Curaçao! Erg hoor! Sommige mensen moeten naar de camping in Twello!'

Kim kleurde en zei: 'Ja, nee. Maar het is meer dat we dan dus vierentwintig uur per dag met familiedingen bezig zijn.'

'Haha!' riep Ruud zo hard mogelijk.

Kim negeerde hem en vroeg: 'En jij dan, Caaf?'

'Ik weet het nog niet. Misschien een groepswandelreis of zo? In de bergen?'

'Kun je nog eens een leuke bergmarmot tegenkomen!' riep Ruud.

'Ruud! Dat is níét leuk,' zei Kim, veel feller dan ze normaal deed.

'O pardon,' riep Ruud weer, 'ik wist niet dat jullie ongesteld waren.'

Cavia mailde Kim: 'Bedankt.'

Ze kreeg meteen antwoord: 'Ruud is een lul, maar daar is hij uiteindelijk zelf het slachtoffer van.' Kim was op cursus geweest.

Aan het eind van de dag sloot Cavia als laatste haar computer af, toen Stella naar haar toe kwam. 'Aangezien jij geen kinderen hebt wilde ik jou eigenlijk vragen om pas in september op vakantie te gaan.'

'O,' zei Cavia, 'maar...'

Tja, wat had ze eigenlijk te maren? Er werden bepaald geen grootse plannen in de war gestuurd. 'Maar Kim heeft toch ook geen kinderen?' zei ze dus maar.

'Ja, maar haar vriend wel, dus zij móét wel weg tijdens de schoolvakantie.'

‘O,’ zei Cavia weer. En ze zag zichzelf al een lange, trage zomer op kantoor zitten, luisterend naar een tikkende klok.

Stella pikte blijkbaar toch iets op van deze gedachte en zei opgeruimd: ‘Ah joh, in september is het allemaal ook veel goedkoper! Zit je alleen met een stel bejaarden in een all-inclusive! In Turkije! Lekker toch?’

BOMEN

Cavia dacht dat ze als eerste op de afdeling aanwezig zou zijn, maar ze hoorde achter de deur al iemand bellen.

'Ja, nee joh,' hoorde ze de persoon kordaat zeggen. 'Nee, ben je mal. Natuurlijk niet. Iederéén heeft een vleesboom... Nou goed, niet iedereen. Maar bijna iedereen. Alleen de meeste mensen weten het niet eens van zichzelf... Ja tuurlijk! Ben je mal! Ik heb ook een vleesboom, dat mag je best weten!'

Cavia twijfelde of ze verder moest luisteren. Maar ja, niet-luisteren kon bijna niet. De bellende persoon had een nogal goed-projecterende stem. Voorzichtig keek Cavia naar binnen. Een roodgekrulde vrouw zat met één bil op het bureau van Kim.

'Ja, de dokter zei: je kunt hem van buitenaf voelen! En ik al die tijd maar denken dat het door de constipatie kwam! Zó'n bult!' De vrouw lachte smakelijk. 'Henk zei toen ook al, ik kan door de vleesbomen het bos niet meer zien! Ja, haha... Nou, genoeg geklaagd! We gaan aan de slag! Ja toch! Dag lieverd, kop op, hè!' Ze legde lachend de hoorn neer.

Cavia besloot dat dit het juiste moment was om binnen te komen. Zo luidruchtig mogelijk deed ze de deur open.

'Hallo!' riep de vrouw met de vleesboom direct. 'Jíj moet Cavia zijn!'

'Ja,' antwoordde Cavia.

'Ik ben Marja!' riep de vrouw. 'En ik zat bij de Distributie, maar nu heb ik het aan mijn rug, dus kom ik hier een tijdje!'

'Goh, jeetje,' bracht Cavia uit.

'Voor zolang als nodig, hoor!' riep Marja geruststellend. 'Koffie? Thee?'

MARJA

Marja was een vrouw aan wie je moest wennen. Want ze praatte nogal hard! Waardoor alles urgent klonk, ook als het dat niet was!

Er was voor Marja een tijdelijke plek gecreëerd aan de printertafel. Dat was in een hoek van de kantoortuin, maar helaas was het wel de hoek van Cavia.

'Heeft iemand het nummer van het moederconcern!' riep Marja een paar keer per dag, om daar steevast aan toe te voegen: 'O nee! Domme ik! Ik heb het hier op een papiertje!'

Het hielp ook niet dat Cavia per ongeluk had opgevangen dat Marja een vleesboom had. Je mocht iemand daar niet op afrekenen, maar elke keer als Marja aanbood om even wat rosbief! te gaan halen moest Cavia slikken.

Na het middaguur was ze even alleen met Marja. Die greep uitgerekend dit moment aan om zich luid fluisterend tot Cavia te wenden. 'Ik hoorde dat Ruud gaat snoeien!'

'Ruud gaat snoeien? Waarin?' vroeg Cavia.

'In ons!' fluisterde Marja door. 'Afslanken die hap! Alles met freelancers!'

'Ach, die autoriteit heeft hij helemaal niet,' zei Cavia wrevelig. Ze wist niet of dit echt waar was, maar het klonk wel goed.

Toen de anderen weer terug waren van de lunch, bleef Marja samenzweerderig met haar wenkbrauwen bewegen richting Cavia. Cavia besloot zich met volle aandacht op een nieuwsbrief te storten. Na een tijdje was ze per ongeluk echt geconcentreerd, en vloog de tijd om.

Ze merkte het dan ook niet dat Ruud bij haar bureau kwam staan. 'Cavia,' zei hij zachtjes.

Ze schrok.

'Kun je even naar de vergaderruimte komen?'

AUTHENTIEK

Ruud liep voor haar uit, en toen ze de vergaderruimte binnenliepen zei hij: 'Deur mag dicht.'

Hij ging zitten en legde een map op tafel. 'Zo!'

'Ja, zo,' antwoordde Cavia ongemakkelijk. Zou ze gesnoeid gaan worden?

Ruud keek haar neutraal aan. 'Marja,' zei hij.

'Ik ben, ehm, Cavia,' zei Cavia aarzelend. Of maakte Ruud een grap?

'Ik weet dat je Cavia heet,' zei Ruud, 'maar we zijn hier om het even te hebben over Marja.'

'Oké,' zei Cavia, nu ook zo neutraal mogelijk.

'Marja dus. Wat vinden we van haar?'

Voor zover Cavia wist, was ze nog nooit samen met Ruud een 'wij' geweest. 'Eh,' zei ze, 'Marja is...' Wat moest ze nu zeggen? Marja heeft een vleesboom? Marja praat te hard? Misschien werd Marja dan wel ontslagen en dan was het haar schuld. Cavia dacht aan een onbegrijpelijk compliment dat ze zelf een keer had ontvangen en zei: 'Marja is heel authentiek.'

'Hm,' zei Ruud. Hij leek er echt over na te denken. 'Ja, authentiek is ze wel,' gaf hij toe, 'maar lawewelwezen, ze hoort thuis op de Emballage.'

'Ze komt toch van de Distributie?' vroeg Cavia.

'Emballage, Distributie, whatever. Het punt is: wij zitten nu met haar opgescheept. Vanwege haar rug.'

'Rugklachten kunnen hardnekkig zijn.'

'Maar ja,' ging Ruud door, 'heeft ze die rugklachten eigenlijk wel?'

'Ja toch?' zei Cavia. Ze dacht aan de eerste keer dat ze Marja had gezien, scheef zittend op de rand van Kims bureau.

‘Jij zit het dichtst bij haar, Caaf.’ Het was de eerste keer dat Ruud haar Caaf had genoemd. ‘Als je haar nou dingen ziet doen die je niet met rugklachten associeert, meld het dan even.’ Hij tikte met zijn pen op de map. ‘Dossieropbouw.’

‘Maar ik kan toch niet, ik bedoel, ik ben er toch niet voor om...’ hakkelde Cavia.

‘Dit valt helemaal buiten jouw verantwoordelijkheid,’ zei Ruud zalvend. ‘Ik vraag om een beetje oplettendheid. Dat is alles.’

DEHYDRATEREN

Kim was ziek, en dat betekende dat Marja zolang op haar plaats kon zitten. 'Lekker bij het raam!' Er scheen een felle zon waardoor de kantoortuin snel opwarmde. 'Heerlijk!' riep Marja wanneer het haar uitkwam, en dat was vaak.

Bij de koffie voelde Cavia een lichte hoofdpijn opkomen. Toen ze er wat over zei, riep Marja: 'Komt door de koffie! Cafeïne dehydrateert!'

'Dat is niet bewezen,' bracht Cavia ertegen in, maar ze besefte meteen dat dat zinloos was.

'Cafeïne trekt het vocht uit je cellen!'

'En waar blijft het dan?' vroeg Ruud, die net voorbijliep.

'In je plas natuurlijk! Daarom ruikt je plas dan ook naar koffie!'

'Oké, genoeg,' riep Stella. 'Het lijkt hier wel een sociale werkplaats.'

Cavia's hoofdpijn werd er in de loop van de dag niet minder op. Halverwege de middag besloot ze in de koelte van de marmeren ontvangsthal te gaan zitten met een ordner, een setje nieuwe tabbladen en haar eigen trouwe perforator. Roy was even de deur uit, dus ze kon op zijn stoel zitten. Ze keek naar het glas-in-lood. Ze pakte een A4'tje, en liet de ijzers van haar perforator er zo langzaam mogelijk in wegzakken. Daarna liet ze de perforator los, waardoor er een 'klak'-geluid klonk, dat mooi weergalmde. Ze liet haar hoofd zachtjes tegen de marmeren muur zakken. Even de ogen dicht.

Na een paar minuten werd er een deur opengegooid. 'Ja hoor!' klonk het. Ruud. 'Mevrouw zit hier gewoon lekker te pitten! Dat doen we thuis!'

Cavia ging rechtop zitten. 'Sorry,' zei ze, 'ik had even rust nodig.'

Ruud kwam bij haar staan. 'Vanwege Marja?' vroeg hij gretig.

'Nou, meer vanwege mijn hoofdpijn.' Ineens was ze bang dat Ruud haar nu ook in de gaten ging houden. 'Mijn tijdelijke hoofdpijn,' verduidelijkte ze.

Iets vroeger dan gebruikelijk ging ze naar huis. Daar lag een brief op de deurmat, over het huwelijk van haar ex Rogier met Juliette, de dunne vrouw. De ceremoniemeester schreef dat de bruiloft 'toch al met rasse schreden dichterbij kwam', en Rogier en Juliette dól waren op stukjes, 'dus aanmelden graag!' Ook wilden Rogier en Juliette dat iedereen een steen mee zou nemen met een persoonlijke boodschap ('op rijm wellicht?' stond er dwingend bij), zodat ze in hun nieuwe huis een 'rotstuintje van hun dierbaren' konden maken.

Cavia realiseerde zich dat ze die hele bruiloft effectief verdrongen had. Tot nu dus.

REGENBROEK

Kim was er weer, zag Cavia. Dat scheelde, want nu zat Marja gewoon weer in haar printerhoek. Dat weerhield haar er niet van om, toen ze zag dat Cavia doorweekt was, te roepen: 'Zal ik even een dweil onder je leggen? Of een theedoek of zoiets? Of een handdoek?' Ze rende naar de pantry en kwam terug met een enorme stapel textiel. Cavia wilde niet zo denken, maar dacht het toch: kan iemand met rugklachten dit?

'Voorzichtig met je rug, Marja!' zei ze, en ze probeerde met gedachten over te seinen: want Ruud wil je terugsturen naar de Distributie.

Marja gooide een handdoek naar Cavia, plofte in een stoel en riep: 'Ik ben zó blij dat ik nu niet bij de Distributie zit! Daar is nauwelijks verwarming! En als de laaddeur openstaat regent het naar binnen!'

Na de lunch maakten Cavia en Kim een ommetje. Omdat ze nu onder elkaar waren, besloot Cavia Kim in vertrouwen te nemen. 'Ruud wil dat ik Marja bespied en rapporteer als ze dingen doet die je niet kunt als je rugklachten hebt.'

'Hè bah,' zei Kim geërgerd. 'Ik bedoel, Marja is ook niet helemaal mijn type, maar om nou achter haar rug om –'

'Achter haar pijnlijke rug om,' verbeterde Cavia haar.

Kim schoot in de lach.

Ze waren bijna weer bij kantoor. 'Gewoon niks van Ruud aantrekken, hoor,' zei Kim. 'Als je niks ziet, kun je ook niks rapporteren.'

Om vier uur 's middags vertrok Marja. 'Ik moet naar de fysio! Die man die trekt altijd aan mijn hoofd! Echt zo van krak-krak!'

Ze was de deur nog niet uit of Ruud kwam naast Cavia staan.

'En?' zei hij.

'Ruud, ik weet niet of ik hier wel zo geschikt –'

Marja kwam weer binnen: 'Regenbroek vergeten!' Ze zag dat Cavia geschrokken keek en vroeg: 'Waar hadden jullie het over?'

'Over dingen,' zei Cavia.

'Over jou!' zei Ruud. Daarna lachte hij om te doen alsof het een grap was.

YOGA

Het was woensdagmiddag, en Cavia bedacht hoe raar het was dat de woensdagmiddag nog altijd voelde als 'vrij', ook al was dat al jaren niet meer het geval. Er moest een mailing de deur uit, maar Kim kwam het systeem niet in, waardoor de hele ochtend en het begin van de middag op was gegaan aan een oplossing zoeken.

'Ik bel Harm-Jan wel,' zei Cavia, en ze draaide het nummer van de IT-afdeling. Er nam niemand op, waarop Cavia een mail schreef, waar ze meteen antwoord op kreeg. O ja, Harm-Jan had bel-angst.

Daarna gingen er honderd mailtjes over en weer met onbegrijpelijke adviezen ('Als het goed is zie je dan de optie "overige", en die moet je aanklikken, of anders terug naar "voorkeuren"'), waardoor Kim uiteindelijk zei: 'Ik ga wel naar hem toe. Dit schiet niet op.'

Cavia bleef alleen achter met Marja. Die liet haar een ingewikkelde yoga-oefening zien. 'En dan moet ik zo! Met mijn hand! Achter mijn enkel! Niet te filmen, toch?' Cavia probeerde haar zo min mogelijk aan te moedigen. Als ze Marja rustig op een stoel kon laten zitten, viel er ook niets aan Ruud te rapporteren.

Cavia concentreerde zich daarom op de grijze kei die ze had gekocht bij het tuincentrum. Het ding lag al dagen op haar bureau. Op een gegeven moment moest ze er iets op zetten voor het huwelijk van Rogier en Juliette. Wat schreef je in godsnaam op een kei? 'Een steen is net zo hard als de liefde zacht is?' Of: 'Op een fundament kun je bouwen.' Cavia zuchtte. Die kei kon later ook nog wel.

'En ik moest laatst zo! Wijd gaan staan en dan met mijn hand zo helemaal op mijn scheen!' Marja deed weer een onmogelijke houding voor.

Op dat moment kwam Ruud binnen. 'Pas je wel een beetje op met je rug, Marja?'

DISTRIBUTIE

Het was een ochtend die thuishoorde in New York, vond Cavia. Fris en met fel licht, maar met de belofte dat het later op de dag warm ging worden. Ooit was ze met Rogier in New York geweest. Hij had in een gidsje alles afgevinkt wat ze hadden gezien. Er had veel gemoeten, die vakantie. Maar het licht was mooi geweest.

Op weg naar haar werk trakteerde Cavia zichzelf op dure koffie, in een meeneembeker. Voorzichtig (om te voorkomen dat ze weer eens over haar vacht zou morsen) liep ze naar kantoor. Daardoor was ze iets te laat.

Eenmaal binnen werd ze overvallen door een enorme rust. Wat was er? Waarom hoorde ze niets? Kim zat muisstil te typen. Stella was bezig met een spreadsheet.

'Hallo?' zei Cavia voorzichtig.

'Hallo,' zei Kim timide.

'Hm,' zuchtte Stella.

Met haar beker koffie ging Cavia zitten.

De deur vloog open en Ruud kwam binnen. 'Zo, rakkers van me! Uiteindelijk is dit natuurlijk voor íédereen beter.'

Luid neuriënd zette hij zich achter zijn bureau.

Cavia haalde diep adem en vroeg: 'Ik heb volgens mij iets gemist?'

'Dat kun je wel zeggen, ja!' zei Ruud. 'Ik heb net een zwaar geëmotioneerd vrouwspersoon terug begeleid naar de Distributie.'

'Moest Marja weg?'

'Ja, Cavia,' zei hij ongeduldig. 'Iemand met ingebeelde rugklachten hoort niet thuis op deze afdeling. Qua capaciteiten niet, qua interpersoonlijk niet.'

'We kunnen ons niet veroorloven om zesendertig uur uit te betalen aan iemand zonder kwalificaties,' voegde Stella toe. 'Zo iemand hoort gewoon thuis op de Distributie of zelfs op de Emballage, rug of geen rug.' Ze sprak het woord 'Emballage' met walging uit.

'Sorry dat ik hier hard in ben,' ging Ruud door, 'maar ik heb nou ook weer niet het idee dat het je beste vriendin was.' Hij keek Cavia aan. 'Of wel?'

'Nee, maar,' zei Cavia.

'Dat bedoel ik,' zei Ruud.

Cavia begon bedremmeld aan het opschonen van de mailinglijst. Moest ze Marja bellen? Of juist niet?

's Middags ging Ruud naar een seminar en werd de sfeer op de afdeling langzaam losser. Cavia draaide het nummer van de Distributie, maar ze kreeg iemand aan de lijn die (zo verstond ze) 'Ruk' heette, en die trouwens van de Emballage was, niet van de Distributie. Hij wist niet wie Marja was.

BORREL

Nu de zomer zoetjesaan in zicht kwam, werd het tijd voor de jaarlijkse zomerborrel. 'Waarom doen we die eigenlijk niet als het echt zomer is?' vroeg Cavia.

'Omdat iedereen dan weg is,' zei Stella. 'Behalve jij dan.'

De borrel zou normaal gesproken in de tuin plaatsvinden, maar er was regen voorspeld, dus stonden ze met z'n allen tussen de bureaus. Niet echt feestelijk, maar: er was prosecco.

Er waren allerlei mensen van andere afdelingen, en ook mensen die Cavia nog nooit had gezien. Werkten die hier wel? Of waren het professionele feestjeslopers? Cavia keek rond of ze Marja zag. Nee. Ze betrapte zichzelf op een gevoel van opluchting.

Kim stond het ene glas na het andere achterover te slaan, en hoewel Cavia eigenlijk niet goed tegen alcohol kon, deed ze voor de vorm toch maar mee. Kleine halve glaasjes.

Wat giechelig stond ze ergens halverwege de avond in de pantry grote stukken onrijpe brie op toastjes te doen, toen er ineens een schaduw over haar heen viel. Een man. Lang, met krullen, en een vrolijke blik in de ogen. 'Hallo hallo,' zei hij, 'en wie hebben we hier?'

Cavia zei: 'Cavia,' en dacht: waarom kan ik nooit leuk uit de hoek komen bij leuke mannen?

'Ha, Cavia! Leuke naam,' constateerde de leuke man.

'Hm-m,' zei Cavia, en ze stortte zich weer op het brie-project.

'Laat mij dat nou maar doen,' zei de leuke man, 'ik kan dit soort onhandigheid niet aanzien.' En hij pakte haar het mes af.

'Hee,' protesteerde Cavia nog, maar toen was de leuke man al bezig om de toastjes te beleggen en netjes te rangschikken op de schaal.

'Zo hee,' zei Cavia, alweer minder origineel dan de bedoeling was.

'Ik ben kok,' zei de leuke man.

Het moet niet leuker worden, dacht Cavia.

'Levendig gesprek hebben we, hè?' zei de leuke man.

Cavia voelde het bloed naar haar wangen stromen, en was voor de zoveelste keer dankbaar voor haar vacht.

'Maar hoe heet jij dan?' vroeg ze eindelijk.

'Steven. Mijn zus werkt hier. Ze heeft me meegesleept.'

'O? Wie is je zus dan?'

'Stella.'

'Van Human Resources?' vroeg Cavia geschrokken. Hoe hadden haar ouders ook deze leuke man kunnen voortbrengen?

'Yep,' zei Steven, en hij hield een toastje met brie voor haar mond.

KATER

De eerste gedachte die in Cavia's hoofd opkwam, was: waarom is mijn bed zo klein? De tweede gedachte was: er ligt iemand naast mij.

De zomerborrel was wat uit de hand gelopen. Veel toast met brie en ook, uiteindelijk, best veel halve glaasjes prosecco. En daarna had ze Steven mee naar huis genomen. Het was een onhandige nacht geweest, waarin Steven op een gegeven moment had uitgeroepen: 'Ik weet niet of dit 'm gaat worden, Cavia!' Het was maar goed dat Cavia zo dronken was geweest.

Ze ging voorzichtig rechtop zitten en keek langs de bos krullen naar het slapende gezicht van Steven. Die deed ineens zijn ogen open en zei: 'Hee.'

'Hee,' zei Cavia terug.

'Je haar zit in de war,' zei Steven.

'Dat is jouw schuld.'

'Sorry.' Hij snoof even in haar nek. 'Lekker,' zei hij.

Cavia lachte. Deze ochtend had veel gênanter kunnen zijn. 'Heb je ook zo'n koppijn?' vroeg ze.

'Nee, valt wel mee. Maar jij was wel echt toetertje lam.' Hij keek haar ineens geschrokken aan: 'Je voelt je toch niet misbruikt of zo? Dat we dat niet krijgen?'

'Jawel,' zei Cavia, 'maar op een goede manier.'

'Dan is het goed. Zo, en nu ga ik poepen,' zei Steven, en hij verdween naar de gang.

Tevreden met zichzelf klom Cavia langzaam uit bed en slenterde naar de keuken. Meteen maar koffie zetten. Zo direct misschien nog een eitje bakken.

Meer dan één ding tegelijk lukte nog even niet. Haar hoofd draaien deed eigenlijk al pijn. 'Rustig, rustig,' zei ze hardop tegen zichzelf.

De zon scheen onnodig fel naar binnen.
De koffie was gezet, maar Steven was nog niet terug.
Cavia nam alvast een slok. Ze keek naar een oude krant die nog op tafel lag.
Het bleef wel heel erg lang stil.

EI

Cavia's positieve gedachte (er wilde iemand bij me blijven slapen) begon langzaam plaats te maken voor een zorgelijke (die iemand is stiekem weggeslopen).

'Ach welnee,' zei Cavia hardop. Natuurlijk was hij niet weggeslopen. We zijn gewoon volwassen. We sluipen niet weg. Als we weg willen, dan zeggen we dat we een afspraak hebben. En dat we daarom helaas nu weg moeten.

Om te bewijzen dat ze zich heus geen zorgen maakte las Cavia in de oude krant die op de keukentafel lag, en nam ze kleine slokjes van haar koffie.

Na een kwartier was deze zen-benadering uitgewerkt en liep ze naar de gang.

Voorzichtig luisterde ze aan de wc-deur. Kon je iemand roepen die al heel lang op de wc zat? Stel dat Steven zwaar geconstipeerd was en ze hem uit zijn concentratie haalde? En dat het dan helemaal niet meer lukte? Constipatie werd vaak niet serieus genoeg genomen, wist ze.

Na een volle minuut besloot Cavia tot actie over te gaan. Ze zei op een toon waarvan ze hoopte dat die kordaat en niet paniekerig zou overkomen: 'Steven?'

Het bleef stil.

Cavia probeerde te bedenken hoe hij het huis had kunnen verlaten zonder dat zij het doorhad.

'Jaaa?' klonk het ineens. 'Zit ik hier te lang?'

'Nee hoor,' zei Cavia, 'ik dacht alleen, wil je een ei?'

'Lekker,' zei Steven.

Een raar gesprek, zo op een eerste ochtend.

'Wat doe je daar eigenlijk?' vroeg Cavia.

‘Ik lees je hele historische scheurkalender.’
‘Oké,’ zei Cavia. ‘Roerei?’
‘Prima.’ Er werd iets gescheurd.
Wc-papier, dacht Cavia.
‘Ik ben er zo, hoor,’ zei Steven.

PUNTJES

Cavia checkte haar mail. Geen mail van Steven. Ook geen sms trouwens.

Ze hadden die ochtend nog heel gezellig afgerond. Hij had haar gezoend. Maar dat was wel alweer een week geleden. Ze had hem nog een sms gestuurd met de tekst: 'Was leuk, x C.' Daar kreeg ze een smiley op terug en dat was dat. Cavia had een paar dagen compulsief haar telefoon gecheckt, maar nee. En om dan zelf nog een keer iets te sturen – er waren grenzen.

Stella kwam binnen. 'Jezus, wat is het hier warm. Waarom gaan mensen naar een Grieks eiland als je ook op een stoffige afdeling kunt zitten?'

Cavia glimlachte. Stella was iets beter te harden als er verder niemand bij was, en bovendien was ze Stevens zus.

Rond het middaguur hoorde Cavia een 'ping' van een e-mail. Ze keek verheugd op. Maar het bleek de ping van Stella's computer. Kort daarop hoorde ze Stella grinniken.

'Hilarisch,' zei ze zachtjes. En toen harder, tegen Cavia: 'Mijn broer. Die mailt. Die komt vanavond eten en neemt z'n ex mee. Of nee, niet z'n ex dus, want nu is ze weer z'n vriendin. Die mensen geven het begrip knipperlichtrelatie weer een nieuwe dimensie.'

'Bedoel je Steven?' vroeg Cavia, tegen de klippen op hopend dat het niet zo was.

'Ja, ken je hem? O ja, natuurlijk, hij was ook op die borrel vorige week. Ja, Steven.'

Toen de grond goed en wel onder Cavia's voeten vandaan was gezakt stuurde ze een pinnige sms aan Steven: 'Gefeliciteerd met dat het weer aan is met je ex.' De houterige formulering kon haar niet schelen.

Er kwam snel een sms terug: ‘Sorry… Ik ben heel vaag in die dingen maar daar moeten anderen niet de dupe van worden… Nogmaals sorry…’

En daarna nog een sms, waarin stond: ‘Echt sorry…’

Maar goed dat ik niet houd van mensen die te veel puntjes gebruiken, dacht Cavia.

VOLWASSEN

Hoewel Cavia had besloten om de episode 'Steven' snel te vergeten, lukte dat natuurlijk maar half. Op de verlaten afdeling was ze lusteloos haar computer aan het opschonen. Een ondankbaar werkje, omdat je het resultaat ervan toch niet zag.

Haar telefoon ging. Steven. Ze aarzelde even en nam toen toch maar op. 'Dag Steven.'

'Heeeeeej,' zei hij, met een slachtofferige schuldbewustheid in zijn stem, 'ik dacht, ik bel toch nog even.'

'Ja, ik hoor het,' zei Cavia, wat snibbiger dan de bedoeling.

'Ik wilde even zeggen dat ik mezelf een lul vind,' zei Steven.

'Grappig, dat zei mijn ex ook altijd.'

'Sorry,' zei Steven.

'Geeft niet.'

'Geeft wel, ik moet gewoon eens volwassen worden!' Hij klonk boos.

Cavia besloot er geen therapeutische sessie van te maken en zei: 'Volwassenheid is een ingewikkeld iets.'

'Ja,' zei Steven.

'Nou,' zuchtte Cavia, 'zullen we dit gesprek dan maar weer afronden?'

'Als jij dat wilt,' zei Steven.

'Dat lijkt me het beste,' antwoordde Cavia, 'dag Steven!'

'Dag Cavia, nogmaals sorry.'

'En het beste ermee!' zei Cavia, en ze legde de hoorn neer. Toch onvoorstelbaar dat er een moment in je leven kwam dat je serieus 'En het beste ermee' tegen mensen ging zeggen.

Daarna liep ze naar de wc om even te huilen.

Toen ze terugkwam was Stella gearriveerd. Met het instinct van een roofdier vroeg die meteen: ‘Heb je gehuild?’ Het leek alsof ze precies wist wat er aan de hand was. En misschien was dat ook wel zo. Steven was haar broer, en Cavia hield het ineens voor mogelijk dat hij haar in een bui van emotionele incontinentie alles over hun onenightstand had verteld.

‘Misschien wel,’ antwoordde Cavia, ‘en misschien ook niet.’

Daarmee liet ze Stella in verwarring achter, waardoor de dag toch nog enigszins geslaagd voelde.

WORTELTJES

Een warme zaterdag. Cavia probeerde zo traag mogelijk op te staan. Iets wat op een doordeweekse dag altijd makkelijk lukte bleek nu ingewikkelder. Om negen uur was ze al klaar met douchen en ontbijten, en Cavia werd bevangen door een 'wat nu'-stemming.

Ze overwoog om naar de biologische markt te gaan, maar ze herinnerde zich op tijd dat het daar vergeven was van de vrouwen van eind dertig die een kaasverkopende natuurman aan de haak probeerden te slaan.

Dan maar een praktische dag. Ze stofzuigde, maakte de wc schoon en nam haar fornuis af. Ze zette haar bank tegen een andere wand. Toen haar oog op het stof op de plinten viel, besloot ze die dan ook maar schoon te maken. Tijdens deze onverwachte uitbarsting van activiteit vond ze dat het tijd was om boodschappen te doen.

In de supermarkt stond ze net een gezinspak borrelnoten te bestuderen toen naast haar een stem klonk: 'Zoooo... iemand gaat er een feestje van maken vanavond!'

Cavia keek geschrokken op. Stella. Human Resources, daar wilde je niets mee te maken hebben, en zeker niet op zaterdag in gezelschap van een kilozak verzadigde vetzuren. 'Hee, Stella!' overcompenseerde ze. 'Ik loop maar wat te kijken, hoor! Woon je hier in de buurt?'

'Nee, goddank niet,' antwoordde Stella uit de grond van haar hart. In haar mandje lagen een zakje met twee croissantjes en een tandenborstel. 'Ik ben hier op bezoek,' zei ze vaag.

Er kwam een bejaarde langs op een scootmobiel, die ze zwijgend nakeken.

Cavia legde de zak borrelnoten terug.

'Laat je door mij niet weerhouden, hoor,' zei Stella. 'Nou, ik zie je maandag weer. Prettig weekend.' Haar hakken klikten weg.

'Jij ook!' riep Cavia.

Ze kwamen elkaar nog vijf keer tegen tussen de verschillende schappen, waarbij ze elkaar elke keer weer moesten toeknikken. Cavia had expres worteltjes in haar mandje gelegd en hoopte dat Stella die nog zou zien.

REKENEN

In juli druppelde het kantoor leeg. Stella vertrok naar Thailand, waarna er een paar dagen ongegeneerd over haar geroddeld kon worden. Roy dacht dat ze op seksvakantie was, en Kim dacht dat ze misschien op retraite zou gaan, maar daar niet voor uit wilde komen.

Daarna ging Ruud naar Twello, naar de camping, zodat hij niets met zijn kinderen hoefde te doen. Een week later vertrok Kim naar Curaçao, en uiteindelijk ging ook Roy. Naar Griekenland. 'Even hun economie stimuleren,' zei hij bij vertrek.

En toen zat Cavia alleen. Niets was zo moeilijk als helemaal uit jezelf de motivatie vinden om een adresbestand te gaan controleren op verouderde adressen. Of een mailing over groeikansen de deur uit te doen. Wat wel heel goed lukte: haar doosje paperclips als sambabal gebruiken en er de percussiepartij van 'Stand By Me' mee rammelen.

Na een week ontdekte Cavia dat ze in al die dagen maar één berichtje had geschreven, voor het intranet. Dat bestond uit zestig woorden. Cavia probeerde uit te rekenen hoeveel uur ze dan gemiddeld over een woord had gedaan, en daarna hoeveel ze dan per woord had verdiend.

Toen ze ook ging uitrekenen hoeveel ze had verdiend met het maken van deze rekensom, dwong ze zichzelf te stoppen. Het was vier uur, tijd voor een dubbelsterke cappuccino.

MOEDERCONCERN

Cavia staarde naar de kei waar ze nog steeds iets op moest schrijven voor Rogier en Juliette. Samen keigoed, bedacht ze, maar verwierp die vondst ook meteen.

Ineens herinnerde ze zich dat er een seminar georganiseerd zou worden door het moederconcern. Was dat niet nu? Gek, zo midden in de zomer. Ze zocht in haar mail. Inderdaad, vandaag. De titel van het seminar was: 'Blik op de Toekomst / Future in Sight'. Normaal niet iets waar Cavia ooit heen zou gaan, maar nu vormde het een klein verzetje. Daarnaast had Ruud gezegd dat er meer genetwerkt moest worden – en dit seminar kon ze dus altijd nog opvoeren tijdens een functioneringsgesprek. Dat was nog eens vooruitdenken.

Cavia liet de kei de kei, sloot haar computer af, deed de lichten uit en liep naar buiten.

De borrel vond plaats in een zaal bij de dierentuin. Cavia werd omringd door opgezette dieren en oude mannen die blijkbaar van het moederconcern waren. Er waren banners opgehangen met de tekst FUTURE IN SIGHT.

Een grijze man boog over haar heen en zei: 'En u bent?'

'Cavia,' zei Cavia, 'ik ben van de afdeling Communicatie van...'

Maar de man zag een schaal met toastjes langskomen en maakte een draai van haar af.

Cavia probeerde te 'mingelen', maar ze passeerde alleen maar mannen met dasspelden die elkaar vermaakten met teksten als: 'De meeste mensen hebben geen benúl van wat een vijfjarenprojectie is. Seriously!'

De bijeenkomst werd afgesloten met een toespraak van de opperdirecteur. Een grote man die net zo praatte als Sinterklaas, maar omdat de zaal galmde, hoorde Cavia alleen maar flarden van zijn boodschap: 'Samen... veranderend landschap... met z'n allen... benchmark.'

Gelukkig waren er bitterballen. Cavia at er een paar en beloofde zichzelf die later op de dag vegetarisch te compenseren door falafel te halen. In combinatie met vier glazen sinaasappelsap werd het wat onrustig in haar maag. Ze stelde zich veilig op naast een kamerplant en bestudeerde de menigte van een afstandje.

'Probeer het nou nog één keer,' zei ze tegen zichzelf, 'anders heeft het allemaal al helemaal geen zin.'

Dus begaf Cavia zich glimlachend tussen de mensen. Niemand merkte haar op. En zo kwam het dat Cavia zich te midden van borrelende mensen bezighield met de filosofische vraag: Als je aan het mingelen bent, maar niemand merkt het, is er dan sprake van mingelen?

VERKEERD

De zomer was bijna voorbij. Cavia hield van alleen zijn, maar inmiddels snakte ze naar het moment dat ze zich weer aan haar collega's kon ergeren, in plaats van alleen aan zichzelf.

Ze verstuurde snel de mailing waar ze al die weken tegen aan had zitten hikken, ruimde haar bureau op, en plakte her en der wat post-its op haar computer. Het zag eruit alsof ze het druk had gehad, deze zomer.

'Hèhè,' zei ze. Ze pakte koffie en zag toen een mail binnenkomen. Hij was van Steven, de broer van Stella. Ze voelde haar hart in haar keel kloppen. Voorzichtig klikte ze het bericht open. Jammer dat je e-mails niet langzaam kunt openen, dacht ze. Een e-mail is er, of hij is er niet.

'Kan het zijn dat ik mijn tas heb laten liggen?' stond er.

Wat bedoelde hij hier nu weer mee? Het was weken geleden dat hij bij haar was geweest.

Voordat ze er goed over nagedacht had, stuurde ze een vraagteken terug.

Een minuut later kwam er een antwoord: 'Sorry! Verkeerde cavia!'

Dit ging toch wel heel ver, dacht Cavia, en ze voelde hoe haar vacht overeind ging staan. Ze besloot niet te antwoorden, om de zaken niet nog verder te compliceren. Tien jaar geleden had ze zich absoluut niet kunnen inhouden, dus dit zag ze dan maar als persoonlijke groei.

Ze ging een uur eerder naar huis dan in haar contract stond. 'Verkeerde cavia,' mompelde ze, terwijl ze voor een stoplicht stond te wachten. Een oudere heer keek haar verbaasd aan. Ze besloot te neuriën, zodat het leek alsof alles wat ze zei deel van een lied was.

PAREO

Om te benadrukken dat het leven niet altijd makkelijk was, begon het die nacht te onweren. Cavia lag wakker, compulsief tellend hoeveel tijd er zat tussen een flits en een knal. Toen het onweer allang weer over getrokken was, was het nog steeds benauwd in haar slaapkamer. Ze droomde dat ze op een groepsreis moest naar een tropische bestemming. Stella was er ook bij, en Rogier. Stella vond het belachelijk dat Cavia geen pareo bij zich had, en Cavia wilde googelen wat een pareo ook al weer precies was, maar er was geen wifi op de tropische bestemming.

Gewikkeld in haar laken werd ze wakker. Het was nog vroeg, maar ze besloot op te staan, extra lang te douchen en weer eens haar hele vacht te wassen.

Het was een winderige ochtend, merkte ze toen ze naar haar werk liep. Haar natte vacht ging wijd uitstaan, waardoor ze als een soort ragebol op haar werk verscheen. Snel liep ze naar haar bureau en begon zogenaamd te werken. Net toen ze het woord 'pareo' in het zoekscherm had ingetikt, kreeg ze een mail. Van Roy, de receptionist. Er stond in: 'Ja hoor. Ik ben er weer. En ik word geheel genegeerd.'

Cavia sprong op en rende naar de receptie. 'Sorry, ik had je niet gezien!' riep ze.

'Hee, je hebt een nieuw kapsel,' riep hij er meteen overheen. 'Ga je voor de Farah Fawcett-look?'

'Nee, ik heb gewoon mijn haar gewassen.'

'Nou, ík vind het een succes.'

Roy kon meteen vertellen dat in Griekenland nu alles hilárisch goedkoop was. Hij zou eigenlijk al een week eerder zijn teruggekomen voor de verjaardag van zijn moeder, maar dat was hem niet gelukt. 'Want ik zat zó zen op dat eiland visjes te eten dat ik dacht: ik ben gek als ik terugga.' Daarna vertelde Roy ruim een halfuur over een Griekse jongen die hij had ontmoet, die Aristotelis heette, en toen was het alweer tijd voor koffie.

Rond een uur of drie besloot Cavia al haar aandacht te richten op de kei die ze nog steeds van een boodschap moest voorzien. Ze probeerde het huwelijk dan wel krampachtig te verdringen, maar toch kwam het steeds dichterbij.

Uiteindelijk schreef ze voorzichtig met Tipp-Ex op haar kei: 'Heel veel geluk Cavia.' Er paste geen komma meer tussen, waardoor het leek of ze zichzelf geluk wenste.

VAKANTIEMAN

Kim was een dag eerder terug dan verwacht. 'Caaf! Ik heb je zó gemist!' riep ze uitbundig.

'Hoezo?' vroeg Cavia. Ze realiseerde zich te laat dat je missende mensen altijd terug diende te missen. 'Was het niet leuk op Curaçao?'

'Jawel,' zei Kim, 'maar ik heb dus wel twee weken tussen mijn schoonfamilie in de bloedhitte gezeten. En tussen Stanleys kinderen. En zes kilo eten per dag per persoon. Ik ben, geen grapje, drie kilo zwaarder geworden.'

'Nou, welkom terug,' zei Cavia.

'Ik ga dus alleen nog maar sla met citroensap eten. En genieten van de rust.'

De deur ging open en werd met een klap dichtgeslagen. 'Dag rakkers!' klonk het.

'Ha, Ruud,' zei Kim. 'Ook weer terug?'

'Nee, ik zit nog op de camping,' schamperde Ruud. 'Ja, ik ben er weer.' Hij voegde er iets te hard aan toe: 'En hoe!'

'Hoe dan?' vroeg Cavia.

'Haha,' zei Ruud zonder te lachen. 'Kim, waarom is er de afgelopen weken nul komma nul getwitterd?'

'Ik zat op Curaçao.'

'Is daar geen wifi?'

'Ik dacht niet dat wij er als bedrijf iets aan zouden hebben als ik vanaf Curaçao –'

'Wij hebben als bedrijf overál wat aan, Kim,' snauwde Ruud. 'Desnoods twitter je een foto van een strand en zeg je: communicatie gaat óók in beelden. Weet ik veel, ik noem ook maar wat!'

'Sorry,' zei Kim.

'En met die sorry-cultuur moet het op deze werkvloer ook maar eens afgelopen zijn. Hup. Aan de slag jij.'

Kim pakte haastig haar telefoon uit haar tas om iets te twitteren.

'Heb je een fijne vakantie gehad?' vroeg Cavia voorzichtig aan Ruud.

'Ik ben geen vakantieman,' antwoordde hij, 'ik ben meer van aanpakken.'

Cavia keek wat Kim ondertussen getwitterd had. Een foto van een strand. Er stond bij: 'Communicatie gaat ook in beelden.'

HOED

Op de dag van de bruiloft van Rogier werd Cavia wakker met keelpijn. Nog in bed probeerde ze haar stem uit. 'Hallo,' zei ze in het niets. Het klonk als gepiep.

Verder voelde ze zich in orde, dus er was geen ontkomen aan: vandaag zou ze haar ex zien trouwen met Juliette, de dunne vrouw.

Na een kop thee zei ze nog een paar keer 'hallo' en dat klonk al beter. Ze zette haar feesthoed op en toog naar het kerkje.

Een overactieve ceremoniemeester stond de boel te coördineren. 'Alle stenen hier! Stenen! Alhier!' Cavia liep naar de verzameling stenen en zag dat anderen de opdracht heel anders hadden geïnterpreteerd dan zij. Iemand had zorgvuldig en met krullige letters geschreven: 'Love is the master key to happiness.' Er lagen gepolijste bergkristallen tussen, en een bol van marmer. Zo onopvallend mogelijk probeerde ze haar grijze kei uit het tuincentrum erbij te leggen.

De ceremoniemeester kwam bij haar staan en zei: 'Apart hè? Hoe divers zoiets wordt?'

'Ja, nou,' kraakte Cavia.

De ceremoniemeester keek haar onderzoekend aan. 'En jij bent?'

'Ik ben Cavia,' zei Cavia met overslaande stem, 'de ex van Rogier.'

'Heel goed dat je er bent,' zei de ceremoniemeester, en hij gaf een kneepje in haar schouder. Hij interpreteerde haar verkouden stem duidelijk als emotionele nood. Hij deed zijn ogen even geruststellend dicht en bleef ondertussen haar schouder vasthouden. Toen ademde hij hoorbaar in en zei: 'Ik breng je alvast naar een fijn plekje in de kerk. Kun je lekker rustig even acclimatiseren.'

En dus zat Cavia even later in haar eentje op een harde kerkbank. 'Wat doe ik hier,' vroeg ze zich af. Haar hoed jeukte, en ze probeerde voorzichtig onder de rand te krabben. Ze had nu al spijt van die hele feesthoed. Het zag er tien minuten leuk uit, maar je kon hem niet afzetten, want de vacht eronder zat helemaal plat. Zou ze nog weg kunnen sluipen? Kon je zoiets maken?

Maar toen begon het orgel te spelen.

MJA

Na diep nadenken herkende Cavia dat het een langzame versie van 'All You Need Is Love' was. Met een schok zag ze dat Ruud de kerk binnenkwam. Natuurlijk, ze herinnerde zich ineens weer dat hij de buurman van Juliette was. Niet lang meer overigens, want Rogier en Juliette gingen natuurlijk samenwonen. Met hun rotstuin.

Een domineetype die geen dominee was, nam het woord en begon dingen te zeggen als 'ja zeggen tegen elkaar én tegen het leven'. Na een lange speech over hoe Rogier en Juliette elkaar hadden ontmoet (op een feestje van de schermvereniging) en wat ze in elkaar herkenden (hun levenshouding), mochten ze dan eindelijk ja zeggen. Rogiers stem sloeg over en Juliette bracht iets uit dat klonk als 'mja', maar ze keken heel blij en gaven elkaar een lange tongzoen. De aanwezigen gingen hierop applaudisseren en zo werd het gênante moment enigszins geneutraliseerd.

De ceremoniemeester vond Cavia's blik en kneep weer even zijn ogen dicht.

Cavia glimlachte terug. Dat haar ex nu getrouwd was, deed haar, merkte ze, helemaal niets.

Daarna waren er hapjes en maakte Cavia hier en daar een praatje. Met haar verkouden stem moest ze elke keer weer uitleggen dat ze Rogiers ex was, en iedereen vond het duidelijk zielig voor haar.

Na een liedje van het a-capellakoor van Juliette (weer 'All You Need Is Love'), een toespraak van Rogiers broer (zou die nog steeds bij het crematorium werken?) en een sketch van zijn collega's mocht de dj eindelijk aan de slag.

Cavia probeerde te dansen, maar vreesde dat dat er niet uitzag met een hoed op.

Ze ging naar de wc en besloot in een moment van rebelsheid meteen ook haar jas te pakken. Buiten zette ze haar hoed af en fietste ze, bevrijd in vele opzichten, naar huis.

In haar halletje keek ze in de spiegel. Het leek of ze een zweetband om haar hoofd had. Ze staarde een volle minuut naar zichzelf en probeerde ja te zeggen tegen het leven. Meer dan 'mja' kwam er niet uit.

BOUILLON

De ochtend na de bruiloft van Rogier en Juliette begon Cavia te rillen. Het was zondag. Ze nam een bruistablet, ging onder de douche staan en probeerde te visualiseren dat de koorts wegspoelde door het doucheputje. Dat had ze iemand een keer op televisie horen vertellen. Het werkte niet.

Met een natte vacht kroop ze weer in bed. Daar broeide ze een paar uur totdat de koorts eindelijk wat begon te zakken.

Om drie uur stond ze op om bouillon te drinken. Brood was er niet, dus at ze een cracker met pindakaas. Daarna keek ze een tv-programma over mensen die kookten alsof de dood hun op de hielen zat. En daarna nog een over mensen die een nieuw huis zochten op het Engelse platteland.

Toen bedacht Cavia dat ze nog een zak pistachenootjes had. Het werd haar avondeten, met alweer een kom bouillon. 'Voor de vochtbalans,' zei ze tegen zichzelf.

De volgende ochtend voelde ze zich eigenlijk wel weer prima, maar Kim zei altijd dat het beter was om 'uit te zieken' dan om meteen weer aan de slag te gaan. Anders zou het allemaal veel erger terug kunnen komen.

Ze wachtte tot negen uur met bellen, want dan zou Roy er zijn, die haar altijd begreep. De telefoon werd opgenomen met een hard: 'Hallo?'

'Hallo?' zei Cavia. 'Roy?'

'Roy is ziek, dit is Ruud.'

'O, met Cavia,' zei Cavia. Ze probeerde extra ziek te klinken. 'Ik bel omdat ik dit weekend ook ziek ben geworden en er nog niet helemaal bovenop ben.'

Het was even stil. 'Jaja,' klonk het toen. 'Nee.'

‘Nee?’ vroeg Cavia.

‘Nee,’ zei Ruud, ‘ik lag gisteren ook voor pampus, maar jij weet even goed als ik dat dat wellicht íéts te maken heeft met die bruiloft van zaterdag.’

O ja. Daar was Ruud ook geweest.

‘Maar ik heb daar helemaal niets gedronken,’ wierp Cavia nog op.

‘Haha,’ zei Ruud zonder te lachen, ‘die smoes kennen we. Nee Cavia, ’s avonds een vent, ’s ochtends een vent.’ En hij legde neer.

Cavia stond op om zich aan te kleden. ‘En ik ben geeneens een vent,’ mompelde ze.

COMMUNICATIESTRATEGIE

Cavia bleef zich dagenlang halfziek voelen. Pijn in haar gewrichten. Pijn als ze naar fel licht keek. Pijn als Ruud hard 'dag rakkers!' riep.

Ze besloot haar malaise te verzachten met chocola, en nam brownies mee naar kantoor. Glutenvrij, dat klonk gezond. Ruud had er snel een weggekauwd en met volle mond gezegd: 'Lekker. Nu moet ik naar het moederconcern voor een strategy analysis.'

Stella wilde geen brownie, ook niet toen Cavia had gezegd dat het gezond was. Dus deze middag had ze een browniefeestje in de pantry met Roy en Kim. 'Caaf, dit is zooo lekker,' zei Kim, 'je merkt helemaal niet dat het gezond is!'

Roy vertelde over zijn huisgenoot, die een nieuwe vriend had en voortdurend seks had, heel hard en lang. 'Ik word daar depressief van, kun je je voorstellen?' vroeg Roy.

Kim en Cavia konden het zich voorstellen.

''s Nachts word ik er zelfs wakker van. Maar als ik op de muur ga kloppen voel ik me zo'n frustro.'

'Ah, joh, iedereen is toch gefrustreerd?' zei Cavia.

Roy en Kim keken haar medelijdend aan. 'Ja, zo is het,' zei Kim aarzelend.

'Nou ja, behalve jij dan,' zei Cavia, 'jij hebt Stanley.'

Ruud kwam de pantry binnen, terug van het moederconcern. 'Er staat bij de receptie al een uur een telefoon te knipperen,' zei hij, 'misschien moeten we een keer een receptionist inhuren.'

Roy schrok en zei: 'Ik ga al.'

Toen Roy weg was zei Ruud: 'Zo, en dan nu wij, dames! Lekker met z'n drietjes in de pantry.' Hij lachte.

'Wij gaan ook weer eens aan de slag,' zei Cavia, 'kom je, Kim?'

'Niet zo snel,' zei Ruud. 'Ik heb een nieuw taakje voor je, Cavia.'

‘O?’ zei Cavia.

‘Order van hogerhand: je moet een gecombineerde communicatiestrategie gaan bedenken, in samenwerking met het moederconcern.’

‘Goh,’ zei Cavia, ‘en wat moet ik me daar precies bij voorstellen?’

‘Dat wijst zich vanzelf. Ik geef je zo het visitekaartje van het hoofd Communicatie van het moederconcern. Het wordt een flinke klus waar je echt je tanden in kunt zetten. Dus echt iets voor jou.’ Ruud liep weg.

‘Alsof we niet al genoeg te doen hebben,’ zei Cavia tegen Kim.

HA

Er hing een eerste vermoeden van herfst in de lucht. Cavia was weer helemaal van haar griep genezen, maar er was een hardnekkig hoestje blijven hangen. Dat gaf op zich niet, maar het hoestje klonk een beetje als 'ha', als het begin van een lach.

Op woensdagochtend kondigde Stella aan dat er een experiment met bedrijfsyoga zou plaatsvinden. 'Ha,' kuchte Cavia, waarop Stella haar scherp aankeek: 'Daar kunnen we lacherig over doen, maar we kunnen er ook gewoon voor openstaan.'

'Nee, ik kuchte, ha,' kuchte Cavia.

'Nou, des te beter om aan yoga te doen,' zei Stella opgeruimd, 'want het levert heel wat meer op om te investeren in de preventietak dan in mensen die zich met allerlei pijntjes en kwaaltjes onttrekken aan hun werk.'

'Maar ik ben gewoon verkouden,' sputterde Cavia tegen, 'en trouwens, ik ben er toch?'

'Niet alles zo persoonlijk opvatten, Cavia,' zei Stella. 'Nou, het is vanmiddag, om drie uur, en het is de bedoeling dat we allemaal meedoen.'

'Moeten we nog iets speciaals aan?' vroeg Kim.

'Zo weinig mogelijk,' zei Ruud.

'Ha,' kuchte Cavia, waardoor het leek of ze om Ruud moest lachen. Hij keek tevreden in het rond.

De ochtend verliep rustig. Cavia moest zorgen dat er een nieuwe folder gedrukt werd, en belde daarvoor met een stugge drukker in het oosten van het land. Maar vanwege haar vele kuchjes, ha, verliep het gesprek makkelijker dan ze had gedacht, en aan het begin van de middag kon ze de bestanden al naar hem mailen.

In haar hoofd was ze de dag alweer aan het afronden, maar toen zwaaide de deur open. Een man met grijs haar stond glimlachend in de deuropening.

'Haihai,' zei hij, 'wie van jullie is Stella?'

Stella stond haastig op om de man een hand te geven. 'Dag Gerlof, fijn dat je er bent.' Tegen de anderen zei ze: 'Dit is Gerlof, van de bedrijfsyoga.'

Cavia zag dat Gerlof op blote voeten liep. Daarna zag ze dat hij zag dat ze naar zijn voeten keek. Hij keek haar aan en knikte haar geruststellend toe, alsof hij wilde zeggen: 'Mijn voeten zijn oké.'

'Wil je koffie?' vroeg Stella.

'Ik heb mijn eigen thee bij me,' zei Gerlof. En hij schreed de ruimte binnen.

ZIEN

Bedrijfsyogaleraar Gerlof ging op een tafel zitten. Hij pakte zijn thermosfles thee, schonk zichzelf in, vouwde zijn benen onder zich en zei niets. Cavia keek om zich heen. Iedereen zat nog aan z'n bureau. Was dat de bedoeling? Of moesten ze misschien in een kringetje gaan zitten?

'Gerlof?' zei Stella. 'Wil je nu beginnen, of...?'

Gerlof draaide zijn hoofd langzaam naar haar toe. 'Ik ben al begonnen, Stella,' zei hij ernstig. Daarna kwam er een trage glimlach op zijn gezicht. 'Nee, grapje.'

Stella lachte zenuwachtig.

'Ik ga het eerst eens even in me opnemen hier,' zei Gerlof. Hij ademde in.

'En de meter tikt door?' riep Ruud. Hij was bezig een stapel geprinte spreadsheets te perforeren.

Gerlof keek hem aan en zei niets. Hier leek zelfs Ruud van onder de indruk. 'Sorry,' zei hij.

'Ik werk met een flat fee,' zei Gerlof. Dat klonk niet erg yoga-achtig, maar het was dan ook bedrijfsyoga.

Cavia begon respect te krijgen voor de man met de blote voeten die iedereen eronder kreeg.

'Wil je een koekje?' vroeg ze.

Hij glimlachte weer. 'Nee,' zei hij, 'maar dank je voor dit teken van aandacht.' Hij sloot zijn ogen.

Cavia ging weer verder aan haar nieuwsbrief. Ze moest af en toe kuchen, maar verder was het ongekend rustig op de afdeling. Iedereen was aan het wachten tot Gerlof iets zou doen.

Na een kwartier was de nieuwsbrief af en begon Cavia te draaien in haar stoel. Er gebeurde nog steeds niets. Zou ze nog snel even bellen met het hoofd Communicatie van het moederconcern? Daar moest ze zich nog steeds toe zetten. Ze keek naar het visitekaartje dat nu al dagen op haar bureau lag.

Net toen ze, met tegenzin, de telefoon wilde pakken, zuchtte Gerlof en zei: ‘Ik zie hier heel veel mensen die in hun hoofd zitten. Ik zie heel veel activiteit in de hoofden en in de handen. Maar er is weinig aandacht voor de rest.’

‘Nou,’ begon Ruud aan wat waarschijnlijk een schuine grap moest worden.

‘Ik zeg alleen wat ík zie,’ onderbrak Gerlof. ‘Iedereen mag iets anders zien.’

Cavia gniffelde zachtjes.

‘Vreugde is goed,’ zei Gerlof. ‘Lachen is goed.’

Toen wipte hij van de tafel af en gebood: ‘Schoenen uit.’

NAMASTÉ

Cavia lag op het grijze kantoortapijt en zag een eenzaam Engels dropje onder haar bureau. Moest ze dat nu weghalen? Of zou ze er een aantekening van laten maken voor de schoonmakers? Maar dan leek het of ze het snoepje daar expres had neergelegd, om ze te testen.

'Cavia,' klonk het. Ze schrok op. 'Gewoon ogen dicht, Cavia,' zei Gerlof.

Ze was even vergeten dat ze met meditatie bezig waren.

'Er zijn allerlei gedachten,' zingzegde Gerlof, 'en die mogen er zijn. Maar probeer ze ook weer te laten passeren. Er hoeft niets te worden weggeduwd. Maar zie je gedachten als wolken die ook weer óverdrijven.'

Hij legde extra veel nadruk op 'over'. Misschien omdat hij niet wilde dat mensen zouden denken dat hij het had over aanstellerige wolken.

Het was het einde van de les. Ze hadden veel in de 'hond met het hoofd naar beneden' gestaan, wat Cavia bijzonder goed bleek af te gaan. De lotushouding zat er echter niet in. 'Waarschijnlijk staat jouw botstructuur dat niet toe,' had Gerlof diplomatiek opgemerkt. Ruud had gegrinnikt.

Cavia was blij dat ze de laatste tien minuten op de grond mocht liggen. Af en toe klonk er een 'ping' van een mailtje dat ergens binnenkwam. 'Geluid mag er zijn,' zei Gerlof. Meteen daarna klonk er drie keer 'ping', alsof het geluid aanvoelde dat het nu toestemming had.

'Kom in je eigen tempo weer omhoog,' zei Gerlof. Ze kwamen klunzig overeind. Stella zag eruit of ze gehuild had. Kim deed haar haar goed.

‘Even in een andere versnelling,’ zei Gerlof. ‘Even een tandje terug. Namasté.’

‘Nou, ik koffie graag,’ zei Ruud. Gerlof reageerde niet.

‘Bedankt, Gerlof,’ zei Stella. ‘Ik denk dat we hier allemaal heel veel aan gehad hebben.’

WRAP

Cavia pakte het visitekaartje dat ze van Ruud had gekregen. Nu moest het er maar eens van komen. Het hoofd Communicatie van het moederconcern heette Enzo, wat Cavia grappig vond.

Aan haar de taak om hem te bellen.

Pas na de lunch durfde ze, toen er even niemand op de afdeling was.

'Met Enzo!' klonk het.

'Hallo, met Cavia, van de Communicatie van –'

'Ja, ik wist dat je me zou bellen,' onderbrak hij haar. 'Wij moeten volgens mij samen afspreken, toch?'

'Ehm, ja, dat lijkt me dan wel handig, en zo,' zei Cavia. O, nu leek het alsof ze zijn naam noemde. Ze hield even haar mond. 'Ik bedoel, vanwege dat we moeten samenwerken, dus.'

'We gaan lunchen,' zei Enzo. 'En dan spreken we alles door. Maar dan ook álles!' Hij lachte.

'Goed,' zei Cavia, 'en wanneer zou dat uitkomen?'

'Maandag?' vroeg hij.

'Ja, goed,' zei Cavia. Ze was niet assertief genoeg. Dat voelde ze aan alles. Hup, nu zelf met een idee komen, Cavia! 'We kunnen misschien een wrap gaan eten in een tentje hier in de buurt,' probeerde ze.

'Een wrap?' zei Enzo met afschuw. Hij sprak de w uit.

'Of iets anders...' zei Cavia.

'Nou, graag ja,' zei Enzo. 'Een wrap, dat is toch van dat eetbare keukenpapier met restjes soepgroente erin? Sorry, maar daarvoor is het leven te kort.'

'Sorry,' zei Cavia.

'Ah, nee joh, ik zit je te pesten. Maar ik zoek wel even iets lekkers uit. Het moederconcern betaalt.'

'Oké.'

'Of hou je niet van lekker eten?'

'Ja, wel juist.'

'Ha, goed om te horen. Ik ook. Enfin, ik zoek wat uit en gooi het allemaal wel even op de mail. Tot maandag!'

Verward legde Cavia neer. Er was iets aan die Enzo waar ze zenuwachtig van werd.

ENZO

'Ha!' riep Enzo. 'Jij moet Cavia zijn!'

'Ja,' zei Cavia, 'en dan ben jij zeker Enzo.'

'Ga zitten,' zei hij, en hij schoof haar stoel aan. 'Ik heb al wat antipasti voor ons besteld.'

'Ben je Italiaans of zo?' vroeg Cavia.

'Ik heet Enzo,' zei Enzo.

Cavia keek hem niet-begrijpend aan.

'Je zei, ben je Italiaans, of zo? Maar ik heet Enzo, niet Ofzo.'

Hij lachte hier zelf hartelijk om.

Cavia was geen groot fan van woordgrapjes, maar als iemand er zelf zo'n plezier om had, had het wel weer wat charmants.

'Maar ben je Italiaans?'

'Half,' zei Enzo.

Er kwamen hapjes aan, waar Enzo meteen enthousiast aan begon. 'Eet nou ook,' zei hij, 'anders eet ik ze allemaal alleen op.'

Cavia begon dus ook maar, en voor ze het wist zat ze gezellig met Enzo van het moederconcern Italiaanse hapjes te knabbelen.

'Mmm,' zei Cavia, 'leuk om dit 's middags te eten.'

'De middag is de nieuwe avond,' zei Enzo.

En zo vergleed er ongemerkt een uur waarin ze het hadden over eten, collega's en vakantielanden.

'Hee, maar,' probeerde Cavia toch nog professioneel te doen, 'moeten we het nog even hebben over de gecombineerde communicatiestrategie?'

'Als jij weet wat ermee bedoeld wordt,' zei Enzo gelaten.

'Nou, ik dacht eigenlijk dat het jouw idee was, omdat jij van het moederconcern komt.'

'Welnee, joh. "Gecombineerde communicatiestrategie"? Samen

folders drukken of zo? Waarschijnlijk heeft de grote baas een managementboek gelezen.'

'Moeten we er dan niks mee?'

'Nou, in zoverre, we moeten hier heel veel meetings over hebben. Zodat alle snuitjes dezelfde kant op staan.' Hij lachte en keek op zijn telefoon. 'Ik moet weer aan de slag. Volgende week weer? Ga ik ondertussen nadenken over een strategie.'

Hij woof om de rekening.

'En? Was het leuk met Enzo, en zo?' vroeg Kim toen ze terugkwam van de lunch.

'Ging wel,' zei Cavia. Ze bloosde, maar dat kon je bij haar gelukkig toch niet zien.

'Vertel,' zei Kim. Ze ging er eens goed voor zitten.

'Nou, het is wel een aardig type.'

'Lang?'

'Nee, niet lang.'

'Beetje knap?'

'Nou, op een bepaalde manier wel.'

Het was even stil.

'Cavia, wat is er aan de hand? Heeft hij een handicap of zo? Is het een Aboriginal?'

'Nee,' zei Cavia. 'Het is een cavia.'

BLOKJES

'Enzo is een cavia?' riep Kim. 'Dat méén je niet!'

'Ja, maar langharig,' zei Cavia, en ze voegde er ten overvloede aan toe: 'En ik ben kortharig.'

'Wat maakt dat nou uit!' riep Kim. 'Was hij leuk! Dat willen we weten!'

'Hij houdt van lekker eten.'

'Heeft-ie iemand?'

'Nou, daar zijn we tijdens deze eerste lunch niet echt aan toegekomen, eerlijk gezegd.'

'Jammer,' zuchtte Kim.

Stella kwam binnen. 'Damesssss,' zei ze. 'Ik heb hier een voorbeeld van een nieuwsbrief die jullie gestuurd hebben.'

Ze legde een stapel printjes op het bureau van Cavia. 'Kijk, allemaal blokjes en rare tekentjes.'

'O,' zei Cavia, 'ja, dat kan gebeuren, dat komt dan waarschijnlijk door je browser of misschien door een update van Windows of zo.'

Het was altijd goed om het over updates te hebben. Dat klonk ingewikkeld, maar wel als iets wat op te lossen viel, op termijn.

'Ja,' zei Stella, 'dat kan dus wel wezen, maar als onze klanten dit zo krijgen, dan gaat die hele nieuwsbrief linea recta naar het cilindervormige archief, if you know what I'm talking about.'

'Ja,' zei Cavia.

'Dus?'

'We gaan er iets aan doen?'

'Inderdaad. Graag een herziene mailing, asap.'

'Right,' zei Cavia, om ook kordaat over te komen.

Terug naar de orde van de dag.

VERMENIGVULDIGEN

Het was een trage ochtend. De verwarming stond niet hoog genoeg, maar toen Cavia hem hoger zette, begonnen haar collega's binnen een halfuur te gapen.

'Ik ben nog helemaal niet toe aan de herfst,' zei Kim. 'Hoewel, ik heb wel weer zin in die koude avonden. Ga ik lekker met warme chocomel onder een dekentje op de bank liggen.'

'Nou, dan kruip ik er lekker bij,' zei Ruud, waarop Cavia iets te hoorbaar zuchtte.

'O pardon!' riep Ruud. 'Is het soms allemaal weer te expliciet voor mevrouw?'

Cavia ging maar gauw naar de wc en bleef onderweg hangen bij Roy.

'Dag lieverd,' zei Roy. De telefoon ging. Met rollende ogen nam hij op, luisterde en verbond door. 'Mijn bestaan is zinloos,' zei hij tegen Cavia.

'Nou, niet alleen jouw bestaan, maar het bestaan in het algemeen is zinloos,' zei Cavia.

'Hè, daar knap ik van op,' zei Roy. 'Kom op, Caaf, vertel eens iets leuks.'

Cavia moest even diep nadenken. 'Ehm, nou, ik was gisteren naar de film met een vriendin...'

'Met die drie kinderen?'

'Ja, die. Dus we gingen naar die Woody Allen-film, en na afloop dronken we nog wat, en toen begon ze te vertellen dat ze een vierde kind wil!'

'Een vierde kind? Wat bezielt dat mens?'

'Ik weet het ook niet. Maar ze krijgt haar zin toch niet, want haar man vindt drie al te veel.'

‘Gelijk heeft-ie.’

‘Maar ik vond het ook wel zielig. Ze begon te huilen en te zeggen dat een vierde kind altijd een knuffelkind wordt, omdat de rest van het gezin dan toch wel draait.’

‘Maar dat slaat toch nergens op?’

‘Ze had het gelezen in een glossy.’

‘Ik snap sowieso niet waarom iedereen zichzelf maar wil vermenigvuldigen. Ik vind mijn eigen leven al zo’n chaos.’ Roy keek ongewoon ernstig. ‘En jij, Caaf? Wat wil jij eigenlijk?’

De telefoon ging weer. Roy nam op. ‘Oké,’ zei hij, ‘ja. Goed. Begrepen.’ Hij legde neer. ‘Dat was Ruud,’ zei hij. ‘Hij voelde zich geroepen om te melden dat de officieuze koffiepauze weer voorbij is.’

SURPRISE

Het was een rustig ochtendje, en Cavia belde met de folderdrukker om te vragen of alles nog volgens schema verliep. 'Volgens schema...' zei de drukker langzaam, 'dat is natuurlijk maar hoe je ertegen aankijkt.'

'Nou,' probeerde Cavia, 'ik heb het eigenlijk over de deadline, die we in de agenda gezet hebben, dus...'

'O, op die manier,' antwoordde de drukker. 'Nou, we doen hier wat we kunnen maar zoals mijn opa al zei: "Meer dan je best kun je niet doen."'

'O,' zei Cavia. 'Nou, ehm, doe dan maar goed je best.'

Verward legde ze de hoorn neer.

Achter haar klonken hakken. 'Surprais surprais,' kondigde Stella aan, 'de kerstborrel wordt gewoon op kantoor gehouden dit jaar.'

'Hebben we het nú al over de kerstborrel?' vroeg Kim.

'We hebben het over bezuinigingen die hun weerslag hebben op de locatie van de kerstborrel,' zei Stella nuffig.

'Tja rakkers, sorry!' riep Ruud. 'Mijn naam is Corry. Maatregelen. Anders had de koffieautomaat weg gemoeten en daar had ik de handen al helemaal niet voor op elkaar gekregen. Dacht ik zo!'

De telefoon ging, Cavia nam op en hoorde aan de andere kant van de lijn een zucht. Anne-Bet, de voorgangster van Ruud. 'Ik dacht, ik informeer maar alvast of ik eigenlijk nog word uitgenodigd voor de kerstborrel,' zei ze. 'Ik heb toch bijna de helft van het jaar nog bij jullie gewerkt, dus dan vind ik dat eigenlijk wel zo gepast.'

'Maar Anne-Bet,' zei Cavia, 'de zomer is net voorbij. We denken hier nog helemaal niet richting de kerstborrel. Áls die er al komt. Want dat is in het huidige klimaat nog maar helemaal de vraag.'

Het huidige klimaat.

Ze had het echt gezegd, en nu kon ze het niet meer terugnemen.

'Hee, nog even over de kerstborrel!' riep Ruud over de afdeling. 'Dat betekent dus dat we níét aan Sinterklaas doen! Even voor de helderheid!'

Anne-Bet viel stil aan de andere kant van de lijn.

'O,' zei ze. 'Dus er komt wél een kerstborrel.'

'Nou, wat toevallig, dat hoor ik dus ook nu net!' loog Cavia. Ze voelde dat alle ogen op haar gericht waren.

'Kom je anders ook gezellig?'

Kim rolde met haar ogen, Ruud vuurde een imaginair pistool op haar af.

'Ja, goed,' zuchtte Anne-Bet.

Cavia legde neer. Ze keek om zich heen. 'Wat moest ik dán.'

GENIETEN

Cavia merkte dat ze de hele week aan het wachten was op een bericht van Enzo. Zou hij haar mailen voor een nieuwe afspraak of moest zij hem mailen? Daar hadden ze niets over gezegd.

Wel kreeg ze een mail van Rogier. Het was een groepsmail aan alle bruiloftsgasten. De dag was, aldus Rogier, onvergetelijk geweest. 'Bijgevoegd een foto van de rotstuin die we inmiddels aangelegd hebben, vol met stenen die onze vrienden hebben aangedragen.' Cavia bestudeerde de foto een tijdje, om te kijken of haar kei-uit-het-tuincentrum erbij lag, maar ze kon hem niet ontdekken. Dat begreep ze ook eigenlijk wel. De andere foto bij de e-mail was van Juliette, die zich op een tropische locatie tegen een pittoresk vissersbootje had aangevlijd. Haar huid was bijna lichtgevend wit, haar zonnebril zwart en haar bikini glimmend groen.

Terwijl Cavia deze foto aan het bestuderen was, hoorde ze ineens vlak achter zich: 'Zoooo, moet dat onder werktijd, Cavia?'

Ruud.

'Sorry,' zei Cavia, 'ik kreeg die mail van Rogier, en...' Ze klikte de mail weg.

'Nee, laat maar staan, hoor,' zei Ruud, 'dan geniet ik even met je mee.'

'Maar ik genoot helemaal niet!' zei Cavia.

'Jaja,' zei Ruud.

'Echt niet!' zei ze.

'Het is niéts om je voor te schamen,' zei Ruud, terwijl hij wegliep.

Cavia keek verontwaardigd om zich heen.

'Niet zo snel happen, Caaf,' zei Kim, 'dat vindt hij júíst leuk.'

Cavia besteedde de rest van de middag met woedende dingen bedenken die ze tegen Ruud had kunnen zeggen. Maar niet gezegd had.

Blijkbaar straalde ze heel veel frustratie uit, want Kim begon ineens te vertellen over haar cursus Mindfulness, waar ze een kwartier had moeten toeademen naar haar grote teen. 'Zodat je weet dat die er ís,' zei ze.

'Vind je soms dat ik ook op Mindfulness moet?' vroeg Cavia stuurs.

'Nou, moeten, moeten... Het kan helpen om gevoelens van woede kwijt te raken,' zei Kim voorzichtig.

Ping! Een e-mail. Enzo.

'Morgen 13u same place?' stond er.

'Ja,' tikte Cavia snel terug.

Ze voelde zich ineens een stuk beter.

OPPAKKEN

Enzo had z'n haar omhoog geföhnd, dat was meteen duidelijk.

'Jeetje,' zei Cavia bij binnenkomst, 'hoe lang ben je daarmee bezig geweest?' Het kwam er calvinistischer uit dan de bedoeling was. Alsof je aan iemand met een mooie jas vroeg: is die wel warm genoeg?

'Hoezo? Niet leuk?' vroeg Enzo.

'Jawel,' zei Cavia aarzelend.

'Je bent gewoon jaloers,' zei Enzo lachend, 'omdat dit bij jou nooit gaat lukken. Nou, ga zitten, we moeten eten.'

'En een strategie uitzetten,' zei Cavia. Inmiddels durfde ze het aan om dit geheel ironisch te brengen.

'Dit is burrata,' zei Enzo. 'Een soort mozzarella, maar dan vetter.'

Na een uur kwam Cavia lacherig weer terug op kantoor.

'Hèhè,' zei ze, en ze plofte neer op haar bureaustoel.

'En?' vroeg Kim.

'Het was weer leuk,' zei Cavia. 'En nee, ik weet niet of hij iemand heeft.'

Kim keek teleurgesteld.

Cavia had nog geen tijd gehad om na te denken welke ziekte ze zou gaan googelen, of Stella kwam al aangestapt.

'Ja, allemaal heel leuk en aardig, die klus voor het moederconcern,' begon ze – was Stella jaloers? – 'maar ik heb hier dus wéér een onleesbare nieuwsbrief.' Ze ademde uit door haar neus. 'Ik weet niet hoe ik het aan jullie verstand moet brengen, maar communicatie die niet communiceert, dat is dus geen communicatie.'

Cavia pakte de stapel prints van Stella aan. 'Laat mij maar even,' zei ze, 'ik pak dit op.'

Dat had ze nog nooit gezegd, en Stella was duidelijk stupéfait.

Cavia pakte meteen de telefoon, probeerde Harm-Jan van IT te bellen, maar bedacht weer dat die bel-angst had. Ze stond op en zei: ‘Ik ga verhaal halen bij de verantwoordelijke partij.’

Ze beende kordaat de kamer uit. ‘Zo doen we dat,’ zei ze hardop.

COLLEGA'S

Cavia klopte aan bij de IT-afdeling, hoorde niets en deed de deur open. Harm-Jan lag met zijn hoofd op het bureau. 'Harm-Jan?' zei Cavia voorzichtig. Gisteren had ze een krimi gekeken. Misschien was hij wel dood.

'Ja?' zei Harm-Jan.

'O, gelukkig, ik dacht dat je dood was!' riep Cavia.

'Nee, ik luister naar het gebouw,' zei Harm-Jan. Hij bleef met zijn hoofd op het bureau liggen.

'Oké,' zei Cavia tolerant, 'en wat hoor je dan?'

'Allerlei dingen,' zei Harm-Jan, 'getik van buizen en zo.'

'O, ik dacht al dat je met het gebouw aan het communiceren was,' lachte Cavia zenuwachtig.

'Dat ook wel, hoor,' zei Harm-Jan. Hij kwam traag overeind. 'Waarmee kan ik je van dienst zijn?'

'Ehm, er verschijnen steeds allemaal blokjes in de mailing die ik probeer te sturen,' zei Cavia terwijl ze de stapel prints omhooghield, 'terwijl ik niets anders doe dan eerst.'

'Hm,' zei Harm-Jan. Hij staarde.

'Kun je dat oplossen?' Ze legde de prints op zijn bureau.

'Vaak heeft het met de browser te maken.'

'Ja, dat zei ik ook al, maar daar neemt Stella geen genoegen mee.'

'Ik kijk er wel even naar.' Hij legde zijn hand op de stapel prints.

'Oké. Nou, bedankt alvast.' Ze keerde om en liep weer naar buiten.

Halverwege de gang dacht ze: dit kan zo niet. En ze beende weer terug.

'Harm-Jan,' zei ze terwijl ze de deur opengooide, 'gaat het wel goed met je?'

'Hoezo?' zei Harm-Jan.

‘Omdat ik het nogal apart vind dat je naar het gebouw aan het luisteren bent. Niet dat ik er niet voor opensta, maar als er iets is, dan moet je dat wel zeggen, hè. Daar zijn collega’s voor.’

‘O ja,’ zei Harm-Jan. Hij glimlachte flauwtjes.

‘Nou, oké,’ zei Cavia verward, ‘nou, dan ga ik maar.’

SICK BUILDING

'Stella?' zei Cavia.

'Ja?' zei Stella zonder op te kijken.

'Er is iets van human resource-achtige aard dat ik even met je wil bespreken.'

Stella keek op. 'Je bent toch niet zwanger, mag ik hopen?'

'Nee, natuurlijk niet,' antwoordde Cavia.

'Goddank,' zei Stella.

Het was even stil. Cavia besloot opnieuw te beginnen.

'Ik was even langs bij Harm-Jan, en ik heb het idee dat het misschien niet zo goed met hem gaat.'

'En dat is nieuws?'

'Nou, het leek nu of er echt iets mis was. Hij lag met zijn hoofd op tafel.'

'Hm,' zei Stella. 'Dank voor de melding. Ik ga dit in de gaten houden.'

'Om hem hulp te bieden, neem ik aan?' vroeg Cavia ineens bezorgd. Ze had Harm-Jans baan toch niet in gevaar gebracht?

'Om in te schatten welke actie in deze situatie het meest gepast is,' zei Stella. Ze liep weg en liet Cavia met een ongerust gevoel achter.

Toen ze weer achter haar bureau zat, zei Kim: 'Het is sick building. Let op mijn woorden.'

'Sick building?' zei Cavia. 'Maar daar hoor je toch eigenlijk nooit meer wat over?'

'Nee, omdat iedereen die er gevoelig voor is, inmiddels zzp'er is geworden,' zei Kim onheilspellend. 'Het is iets in je neuronen, en als je dan de hele dag in een afgesloten betonnen hok zit, tja!'

Wat haar 'tja' precies betekende, wist Cavia niet, maar nu zag ze die arme Harm-Jan, met gevoelige neuronen, belaagd door blokken beton. En misschien had zij hem nu...

De telefoon ging.

'Afdeling Communicatie, met Cavia.'

'Eén heel goede middag!' schreeuwde iemand met een ondefinieerbaar accent in de hoorn. 'Ik wilde graag wat communicatie kopen bij u, mag dat?'

'Hee Enzo,' zei Cavia, 'je moet beter oefenen met je stemmetje, want dit heb ik natuurlijk zo door.'

'Jammer,' zei Enzo, 'ik deed echt mijn best. Maar goed, waar ik voor bel, ik neem aan dat je keihard aan het werk bent de komende dagen?'

'Mja,' zei Cavia neutraal.

'Want ik moet maandag naar een congres in Oxford,' zei Enzo, 'en nu dacht ik –'

'Ja graag!' zei Cavia.

'Oké,' zei Enzo, 'gezellig.'

OXFORD

Het was een gezellige vlucht. Cavia mocht alle amandelen eten van Enzo. Hij dronk zelf wijn. Ze bekeek de map met daarin het programma van de conferentie. 'Maar we hebben ook vrije tijd, hoor,' zei Enzo. 'Ik ken een uitstekende pub in Oxford die ik je wil laten zien.'

Toen hij even naar de wc ging zag Cavia dat hij verhaarde. Het vertederde haar.

'Ik verhaar,' zei Enzo zelf ook toen hij terugkwam. 'Heb ik altijd als de verwarming weer aan gaat.'

'Vertel mij wat,' zei Cavia.

In Londen namen ze meteen een trein naar Oxford en vervolgens een taxi naar een wat deprimerende buitenwijk, waar het hotel slash conferentie-oord stond, vlak naast een voetbalstadion. WELCOME COMMUNICATION PROFESSIONALS! stond er op een banner bij de receptie.

Ze checkten in. Twee kamers, natuurlijk.

'Even uurtje rusten,' zei Enzo, 'en dan daarna naar de opening?'

Dus toen lag Cavia alleen op een tweepersoonsbed. Ze keek nog even naar een hypnotiserend televisieprogramma over tuinieren maar viel al snel in slaap.

Ze werd wakker van geklop. Ze schrok op, rende naar de deur en trok die verward open. Enzo.

'Ben je zover?' vroeg hij. Nou, nee dus.

'Ja hoor!' zei Cavia, en ze pakte snel haar map.

Met een vacht die vanaf haar kruin tot haar knieën in de war zat, liep ze met Enzo naar een schaars verlichte zaal in de kelder van het complex.

Iedereen zat al. Snel zochten ze twee stoelen achterin.

Er stond een grijze man achter een katheder. Hij intoneerde plechtig: 'Communication is transferring information from one person or group to another person or group.' Hij drukte op een knopje waarna er op een scherm achter hem precies deze tekst verscheen.

Het was warm in de zaal. En donker. Cavia dacht aan haar dutje van zojuist.

PUB

Cavia schrok wakker van het applaus. Ze was op Enzo's schouder in slaap gevallen. Hoe lang lag ze al zo? Ze keek naar Enzo, die haar lachend aankeek. 'Zo, en nu graag een korte samenvatting van deze boeiende presentatie,' zei hij.

Cavia giechelde schuldbewust.

Er was gelegenheid tot vragen stellen, met behulp van een draadloze microfoon die onhandig langs de rijen doorgegeven moest worden. 'Microfoontechniek is alles,' schreef Cavia op haar map en liet die aan Enzo zien.

'Kom, we gaan,' schreef hij terug.

Stommelend verlieten ze de verduisterde ruimte en stapten de namiddag in. Strakblauwe lucht, felle zon, dwarrelende bladeren.

'Moeten we niet nog iets hier?' vroeg Cavia nog, maar Enzo zei: 'Er zijn grenzen.'

Met een taxi gingen ze naar het centrum van Oxford, maakten op de bonnefooi een stadswandeling en belandden uiteindelijk bij de pub waar Enzo zich op verheugd had. Die bestond uit verschillende gebouwtjes met doorgezakte middeleeuwse daken. Daartussen binnenplaatsjes met lange tafels waar iedereen gemoedelijk aan het bier zat. Je kon ook nog best buiten zitten, vond Cavia, als je de frisheid even actief wegdacht.

De studenten en docenten die er zaten leken op figuranten uit een Harry Potter-film of anders uit een aflevering van Inspector Morse. Ze schoven aan bij een tafel. Enzo haalde voor zichzelf een pint en voor Cavia ('nou vooruit dan maar') een halve. Er kwam nog een gepofte aardappel aan te pas, heel veel tortillachips, nog een pintje en nog een half pintje – en toen was het donker. Enzo en Cavia hadden hun schooltijd met elkaar doorgenomen, hun studie en hun afdelingen – Cavia had het over haar geniks in de zomer. En toen was het stil.

Enzo schraapte zijn keel en zei: 'Je komt zo toch wel gewoon mee naar mijn kamer, hè?'

Cavia verslikte zich.

'Ja, sorry dat ik het zo bot zeg, maar ik kan niet zo goed tegen een spanningsveld dat te lang duurt,' zei hij.

'Oké,' zei Cavia.

Zo kon het dus ook.

HMM

Juist, dacht Cavia. Juist. Dat was nou nog eens een nacht geweest waarover ze kon denken: juist.

Naast haar lag Enzo als een grote bal haar. Hij snurkte. 'Nee, nee!' mompelde hij met urgentie.

Cavia stootte hem aan: 'Enzo.'

Hij schrok wakker en kwam wat omhoog. 'Wat!' riep hij.

'Niks aan de hand,' zei Cavia, 'maar het is ochtend en je praatte in je slaap.'

Hij plofte met een zucht weer neer. 'Ik droomde dat ik in Purmerend was. In een café. En ik vroeg iedereen naar het adres van dat café, maar niemand wist het.'

'En toen raakte je in paniek?' vroeg Cavia.

'Ja, het is toch belachelijk wanneer niemand het adres weet van waar hij op dat moment is?' Enzo stond nog met één been in zijn droom, dat was duidelijk.

'Moeten we al op?' vroeg Cavia. 'Het is halfnegen.'

Enzo deed zijn ogen nu goed open. 'Dan moeten we opstaan. Volgens mij begint het volgende seminar al om kwart over negen.'

'En waar gaat dat over?'

'Ik neem aan: over veranderende communicatie-skills in een veranderende wereld.'

Cavia vroeg zich af of ze iets over vannacht moest zeggen. 'Vond jij het ook zo fijn?' probeerde ze in haar hoofd, maar ze vond dat te afhankelijk klinken.

'Ik denk dat het lekker weer wordt,' zei ze maar.

Het was even stil. Cavia besloot in die stilte dat ze zo zou zeggen: 'Hmm, fijn.' Dat was vaag genoeg, en dan was er toch íéts benoemd over vannacht.

Net toen ze haar 'hmm' wilde inzetten trilde Enzo's telefoon. Hij keek even op het schermpje, fronste en zei: 'O, die moet ik even nemen.'

Hij liep naar de gang.

Cavia hoorde hem zeggen: 'Nee... Nee... Nou in dit stadium niet nee.' De andere kant van de lijn zei iets, daarna zei Enzo: 'Dat komt nu écht heel slecht uit.' Toen was het even stil. En daarna klonk er een gelaten: 'Nou goed. Over tien minuten op Skype.'

Hij kwam briesend binnen. 'Dat mens is verschrikkelijk!'

'Wie?' vroeg Cavia.

'Iemand uit de raad van bestuur,' zei Enzo. Hij begon te klooien met zijn laptop. 'Hebben we hier überhaupt wifi?' mompelde hij.

'Wat is er dan aan de hand?'

'Nou, hou je vast, ze wil een gecombineerde communicatiestrategie. En daar moet nú over geskypet worden. Want zij zit nu op het hoofdkantoor met een of andere marketingstrateeg.'

Hij zette Skype aan.

'Moet ik weg?' vroeg Cavia.

'Wat je zelf wilt,' zei Enzo afwezig. 'Of nou ja, het is misschien niet zo handig als jij op de achtergrond in mijn bed ligt.'

BURN-OUT

En daar zat Cavia weer op kantoor. Buiten woei het, en er tikte een tak tegen het raam.

Kim mailde: 'Maar wat is er dan gebeurd?'

'Enzo moest ineens terug. Vanwege de raad van bestuur. Maar verder was het heel leuk.'

Gelukkig had Enzo haar meteen gebeld toen ze weer in Nederland waren. En hij had gezegd dat ze snel weer gingen afspreken. Maar ze wist niet of ze hem nu moest bellen of juist niet.

Kim begon met rollende ogen haar aandacht te vragen maar omdat Ruud dit soort onderonsjes altijd meteen doorhad, mailde Cavia snel: 'Later.'

'Daar hou ik je aan!' mailde Kim terug.

Even later kwam er ook een mail van Roy binnen, waar alleen maar in stond: 'Wat hoor ik nou?'

Meteen daarna zei Ruud ineens: 'Zo Caaf, heb je de banden met het moederconcern even lekker strak aangehaald?' Hij lachte.

'Hm,' zei Cavia.

Het was stil. Kim mailde: 'Hij heeft het niet van mij.'

'Ja, mag ik even iedereens aandacht?' klonk het ineens uit de hoek van Stella. 'Harm-Jan van IT komt voorlopig niet meer op het werk omdat hij een burn-out heeft, dus als iemand nog een neefje heeft dat iets van IT weet...'

'Hè?' zei Kim. 'Harm-Jan?'

'Wilde hij dat zelf wel?' vroeg Cavia achterdochtig.

'Nou, dat laat ik even in het midden,' zei Stella. 'Maar in algemene zin kan ik erover zeggen dat we hier werken met mensen die gemotiveerd zijn en er voor de volle tweehonderd procent voor kunnen gaan, en anders zoeken we naar een oplossing.'

'Maar hij komt toch wel terug?' vroeg Kim.

'Daar gaat de bedrijfsarts over,' zei Stella, 'maar de kern van mijn boodschap was dus: áls je een werkloze nerd kent... graag melden.'

'Burn-out is natuurlijk ook gewoon een ander woord voor aanstelleritis,' zei Ruud.

'Nou Ruud, dat moet je niet zeggen,' begon Kim, 'ik ken iemand die helemaal niet meer kon ademen, echt!'

'Als je helemaal niet meer kunt ademen, dan ga je dood,' zei Ruud. 'Wat uiteindelijk ook een oplossing van het probleem is.'

Het was even stil.

Cavia's telefoon trilde. Een sms. Van Enzo.

'Ik kan best lekker koken,' stond er.

BOEREN

Enzo woonde in een veel mooiere buurt dan Cavia, in een huis met hoge plafonds. Cavia had nu al een paar keer in Enzo's bed overnacht, en ze wist inmiddels zelfs hoe het espressoapparaat werkte. En ze was al op hoi-basis met de onderbuurvrouw, die haar elke keer vol interesse nakeek als ze naar boven liep.

Het was zondag en ze gingen naar de boerenmarkt in de buurt. 'Lekker landelijk,' zei Cavia terwijl ze erheen liepen.

Dat landelijke bleek tegen te vallen. Er waren helemaal geen boeren, alleen maar mannen met baarden die vergeten aardperen verkochten en een draadloos pinapparaat hadden. Ook werden er ambachtelijke worsten verkocht en dronk men champagne.

Bij een kraam met kastanjes zag Cavia ineens Harm-Jan staan, met een rugzak. 'Hee, Harm-Jan!' zei ze. Harm-Jan schrok.

'Dit is Enzo,' zei Cavia, 'mijn, ehm –'

'Ik ben haar harige wederhelft,' zei Enzo plechtig. Cavia glimlachte.

Harm-Jan stak zijn hand uit: 'Ik eh... ben Harm-Jan.'

'Hoe is het?' vroeg Cavia.

Harm-Jan keek zenuwachtig om zich heen. 'Ik probeer elke dag even naar buiten te gaan.'

'Is deze plek dan niet te druk voor je?' vroeg Cavia. Er drentelden mensen met dure zonnebrillen voorbij.

'Ik kwam hier per ongeluk terecht.'

'Even koffie doen?' vroeg Enzo.

Ze liepen naar een espressokar. Binnen twee minuten hadden Harm-Jan en Enzo een gedetailleerd gesprek over wat er allemaal kwam kijken bij zelf bier brouwen. Harm-Jan had dat wel eens gedaan. Enzo had er wel eens over nagedacht.

Cavia had Harm-Jan nog nooit zo ontspannen gezien.

Pas toen de dure zonnebrillen weer naar huis gingen om vergeten aardperen te koken, namen ze afscheid.

'Leuke jongen,' zei Enzo over Harm-Jan.

'Hij heeft een burn-out,' zei Cavia.

'Iedereen die tien jaar in de IT zit, krijgt een burn-out,' zei Enzo. 'En als je die niet krijgt, is er iets mis met je.'

EEN LEEG HUIS

Cavia zat te tikken. In de verte donderde het, wat Cavia oneindig gezellig vond. Het was voor haar een signaal dat ze later in de middag warme chocolademelk mocht. Of dure, maar lekkere, koffie. 'Mm!' zei ze hardop, want ze was toch alleen. Ruud was naar cursus, Kim was ziek en Stella was iets aan het doen waar ze niets over kwijt wilde. Cavia vermoedde dat het om botox ging, of fillers. Er ging een siddering door haar heen.

Roy kwam om de deur heen hangen. 'Wat ben je aan het doen?' vroeg hij traag, gevolgd door: 'Ik verveel me ka-pot.'

'Ik ben bezig aan een nieuwe mailing.'

'Wil je zo ook koffie?' Hij zuchtte.

'Hoe is het eigenlijk met je, Roy?'

'Mwah,' zei hij. 'Ik ben even klaar met daten, geloof ik.'

Dat was nieuw. 'Hoezo dan?'

'Je kunt jezelf wel nacht na nacht laten uitwonen, maar uiteindelijk zit je dan met een leeg huis.'

Je kon het aan Roy overlaten om ongemakkelijke details pseudofilosofisch te brengen. Hij zuchtte weer.

'Weet je wat,' zei Cavia, 'ik maak dit even af en dan gaan we samen lekkere koffie halen, bij het tentje om de hoek.'

Roy leefde op en klapte in zijn handen: 'Ja!' En hij hupte weer vrolijk naar zijn post. Hij was een makkelijk mens.

Cavia besloot Enzo te bellen.

'Hallo?' riep Enzo hard.

'Met mij,' zei Cavia.

'Haai! Kan ik je later terugbellen?'

'Ja hoor,' zei Cavia, 'of wacht, zien we elkaar vandaag nog?'

'Weet ik nog niet, het is hier ineens heel druk.'

Nu niet klagerig klinken, Cavia, sprak ze zichzelf in gedachten toe.
'Oké, veel succes!'
'Dag haarbal!'
'Dag.'
Cavia legde neer.

BOVEN DE DEKEN

'Ik heb goed nieuws en ik heb slecht nieuws,' zei Ruud, 'wat willen jullie eerst?'

'Het slechte nieuws,' zei Cavia, terwijl Kim 'het goede nieuws!' riep.

Ruud leek zich niet bezig te houden met het antwoord op zijn vraag. 'We gaan op heidag! Inclusief overnachting!'

Cavia vroeg zich af of dit het goede of het slechte nieuws was.

'Alleen,' voegde Ruud eraan toe, 'vanwege de financiële situatie de afgelopen twee, drie jaar is het ietsje minder luxe dan wat je je voorstelt bij een heidag.'

Cavia was nog nooit op heidag geweest, dus ze vond het moeilijk om er een passend luxe-niveau bij te denken.

'Het is,' zei Ruud, en hij leek zich een beetje te schamen, 'in een Nivon-huis.'

'O! Van de natuurvrienden!' riep Roy, die net de koffiekopjes kwam ophalen. 'Ik heb daar heel veel herinneringen liggen. Heel veel!'

Iedereen was even stil, om Roy niet aan te moedigen.

'En wat is de bedoeling van de heidag?' probeerde Cavia het gesprek weer op gang te brengen.

'We gaan met z'n allen wat punten op de horizon zetten, we gaan commitment kweken, lessons learned met elkaar doornemen, dat soort dingen,' zei Ruud kordaat.

'Nou, dat gaat dan anders wel ten koste van het werk,' zei Stella.

'Ja!' viel Cavia haar bij. 'Ik zit nog met een mailing die de deur uit moet...'

'Dat zal allemaal wel, maar de heidag is een gegeven,' zei Ruud. 'In alle eerlijkheid, het is een idee van het moederconcern. Maar ach, even tanden op elkaar en 's avonds lekker zuipen.'

O ja, dat was natuurlijk het echte doel van zo'n dag, besefte Cavia.

‘Gaan de andere afdelingen ook mee?’ vroeg Kim.

‘Nou, het moederconcern wel,’ zei Ruud, ‘van de rest weet ik het niet.’

‘O leuk, dan is Enzo er ook!’ zei Kim.

‘Ja, maar aparte slaapzalen, Cavia!’ riep Ruud. ‘Pootjes boven de dekens!’

OP WEG

Gelukkig was het mooi weer, dat wel. Cavia zat in de auto bij Stella (een onberispelijke rode Mini), met Ruud en Kim. Roy kwam met de bus en Enzo met het moederconcern. Om de dingen niet 'door elkaar te laten lopen' hadden Enzo en Cavia besloten ieder met de eigen collega's te reizen.

Ergens op de A1 zei Ruud: 'Zoooo! En straks eens even kijken wat die vent van jou te vertellen heeft, Cavia!'

'Ehm, hoezo?' vroeg Cavia.

'Hij moet toch een presentatie houden? Heeft hij dat niet verteld? Over global communication strategies!'

Nee, dat had Enzo niet verteld.

'Misschien is het er even bij ingeschoten,' zei ze vergoelijkend, 'of zit hij er niet zo mee, hij is heel relaxed in die dingen.'

'Nou, ík zou het raar vinden als je partner dat niet even noemt,' kwam Stella ertussen.

'We hadden het denk ik over andere dingen,' zei Cavia, hopende hiermee het gesprek af te kunnen ronden.

'Jaja!' riep Ruud. 'Die kennen we! Andere dingen! Haha!'

Cavia keek naar buiten.

'Stanley en ik willen misschien een nieuwe auto kopen,' probeerde Kim het gespreksonderwerp te veranderen. 'Maar ja, dan zit je met "wat voor auto dan", en daar hebben we het nu al maanden over.'

'Toyota,' zei Ruud, 'zo moeilijk is het niet. Is gewoon betrouwbaar, en dan ben je in één keer klaar. Kijk, voor mij is het belangrijk dat een auto lekker optrekt, en dat moet je dan ook meenemen, maar daar is niet iedereen hetzelfde in.'

'Ik wil vooral makkelijk kunnen parkeren,' zei Stella, terwijl ze een langzaam rijdend busje inhaalde.

‘Zo heeft iedereen z’n voorkeuren,’ sprak Ruud bijna plechtig. ‘Bijtelling. Ook niet onbelangrijk.’

Cavia keek uit het raam, naar de geluidswal langs de snelweg.

‘Wat rij jij eigenlijk, Cavia?’ vroeg Ruud. ‘Een Fiat 500?’

‘Ik heb geen rijbewijs,’ bekende Cavia. ‘Ik reis meestal met de trein, in de stiltecoupé.’

DOPERWTEN

In het natuurvriendenhuis, waar de heidag werd gehouden, lagen beige plavuizen die in de jaren zeventig ook al afschuwelijk waren. Het weer was redelijk, maar een heidag betekent nu eenmaal dat je binnen moet zitten, wetende dat er buiten een herfstbos om aandacht aan het schreeuwen is.

Cavia stond bij een formicatafel en tapte koffie uit een grote thermosfles.

'Die hebben ze bij mijn ouders in de kerk ook,' zei Roy. 'Verschrikkelijk.'

'Gaan je ouders naar de kerk dan?' vroeg Cavia.

'Hou op,' zei Roy, 'die mensen léven in de kerk. Ik heb mijn ongelukkige jeugd weggegeten met van die gele zompcake in de ontmoetingsruimte. Na de kindernevendienst.' Hij lachte, niet echt vrolijk.

Cavia rook Enzo eerder dan dat ze hem zag. 'Wat is er?' vroeg ze. Ze kon zijn haar bijna uit zíén vallen.

Hij trok haar mee naar een hoek. 'Ik moet een presentatie geven,' fluisterde hij paniekerig.

'Ja? Maar dat kun je toch?' zei Cavia.

'Ja, als ik die had voorbereid!' zei hij. 'Ik wist van niks! Tenminste, ik zie het nu wel in mijn agenda staan, maar daar had ik al een hele tijd niet in gekeken.'

Het was voor het eerst dat Cavia Enzo gestrest zag. Zijn ogen schoten heen en weer en hij krabde zich in zijn nek.

'Wat nu?' vroeg ze.

'Ik zal moeten improviseren,' zei hij kordaat.

Cavia klopte hem bemoedigend op de rug.

'Nou, vooruit dan maar,' zei Enzo. 'En help me herinneren dat ik daarna ontslag neem en een biologische boerderij begin.' Hij liep weg, stopte, draaide zich om en voegde eraan toe: 'Met een doperwtenveld.'

PRESENTATIE

'Mag ik er al een grapje over maken?' vroeg Cavia. Ze zaten in Enzo's auto en reden met honderdveertig kilometer per uur naar huis.

'Nou, vooruit. Wat heb ik allemaal gezegd? Ik heb het zelf geblockt.'

'Je zei: juist in deze tijd is communicatie iets wat gecommuniceerd moet worden.'

'Djiezus, wat verschrikkelijk.' Enzo keek gepijnigd.

Zijn presentatie was een lijdensweg geweest. Cavia had geprobeerd zich te concentreren op de schrootjes tegen de wand, en op de beige plavuizen, maar toch had ze Stella luid door haar neus horen ademen. En Ruud had, luid en duidelijk, tegen een controller van het moederconcern gefluisterd: 'Lekker professioneel.'

Het was, kort gezegd, niet Enzo's finest hour.

Meteen na de presentatie had Enzo gezegd: 'Kom, we gaan,' en Cavia was hem maar gevolgd. Eigenlijk hadden ze nog een halve heidag voor de boeg, en nog een borrel en een overnachting ook, maar nu reden ze ineens over de snelweg, met het dakraampje open.

In elke relatie komt een moment waarop je de ander ziet in tl-licht, bedacht Cavia. Dat was niet erg, als je daarna maar weer de sfeerverlichting kon aanzetten in je hoofd.

Haar ex Rogier had ze een keer een tentharing de grond in zien stampen, waardoor hij zijn middenvoetsbeentje brak. Hij was met aanstellerig gejammer de camping over gehinkt. Nog een wonder dat ze daarna bij hem was gebleven, net zo lang tot hij háár aan de kant had gezet, nu twee jaar geleden.

Cavia keek opzij. Enzo kon wat haar betreft duizend gênante presentaties geven. Of toch in ieder geval honderd.

'Ik meen het trouwens, Caaf,' zei Enzo. 'Moeten we niet het roer omgooien? Gewoon radicaal iets heel anders gaan doen?'

NIEUWSBROEF

Cavia typte een nieuwsbrief. Pas toen ze hem bijna wilde versturen zag ze dat er 'nieuwsbroef' boven stond in plaats van 'nieuwsbrief'. Cavia staarde lang naar het woord. Nieuwsbroef had wel wat, qua klank. Maar verder betekende het dat ze haar werk nog eens goed moest nakijken.

Ze printte de nieuwsbrief en begon hem zachtjes aan zichzelf voor te lezen.

'Ben je bezig met een satanisch ritueel?' vroeg Ruud.

'Nee,' zei Cavia, 'ik doe dit wel even ergens anders.'

'Nou nou,' zei Ruud, 'meteen op de teentjes getrapt?'

Ze liep naar de wc. Sinds de heidag had ze zoveel grapjes over Enzo moeten verduren dat ze inmiddels een beetje moe was van alle pogingen tot humor, en zeker van die van Ruud.

Op de wc was het tenminste rustig. Voor de spiegel ging ze verder met voorlezen. 'Het is herfst, en dat betekent dat de nachten langer worden en de dagen korter. De lichten gaan eerder aan en de verwarming ook. Maar dat betekent niet dat –'

Achter haar werd doorgetrokken. Cavia stopte.

Stella kwam een wc uit. 'Nieuwe werkmethode, Cavia?'

'Nee, ik moest het even hardop –'

'Laat maar,' zei Stella, 'ik ben al lang geleden gestopt met het zoeken naar logica op dit kantoor.'

Toen de nieuwsbrief eindelijk de deur uit was, besteedde Cavia de rest van de middag aan het volgen van een mier, die extatisch bezig was met een korrel suiker op haar bureau.

Om vijf uur kreeg ze een mail van Enzo. 'Om zes uur bij La Acetosa?' stond er.

‘Oké,’ mailde ze terug.

‘TOP!’ was het antwoord. Enzo was nu eenmaal een fan van de hoofdletter, en ook van het uitroepteken.

Meteen kwam er een mailtje overheen: ‘Ik moet je iets vertellen.’

ROER

Enzo's ogen glinsterden. Hij nam een hap van een bruschetta en zei met volle mond: 'Hou je vast, ik heb ontslag genomen!'

'O!' zei Cavia op een toon waarvan ze hoopte dat die als enthousiast geïnterpreteerd zou worden. 'Waarom? Vanwege de heidag?'

'De heidag?' zei Enzo, oprecht verbaasd. 'Nee joh, het was een opeenstapeling van dingen. Wat ik me het laatste jaar gerealiseerd heb is: er zijn belangrijker dingen in het leven dan Communicatie.'

'Jeetje,' zei Cavia. Dat wist zij zelf al lang, maar ze vond het wat drastisch om daar consequenties aan te verbinden. 'Weet je het zeker?' vroeg ze.

'Ja. Ik ben op een leeftijd dat ik nog het roer om kan gooien. En ik heb allemaal ideeën!' Hij keek haar lachend aan. 'Eerst een knuffel!'

Cavia stond op en begroef haar gezicht in zijn lange haar.

'Mmm,' zei Enzo.

'Wat voor ideeën heb je dan?' zei ze vanuit de omhelzing.

'Nou, ik zit er sterk aan te denken om met een foodtruck op pad te gaan.'

'Een foodtruck?'

'Ja!'

'Wat hip,' zei Cavia, en ze keek hem aan. 'En leuk!' voegde ze er snel aan toe. Want dat moest het natuurlijk vooral zijn, leuk. Enzo kon goed koken. En een relatie met een kok was altijd een soort droom geweest. Om op de vraag 'wat doet je vriend?' te kunnen antwoorden: 'Die is kok.'

Even zag ze het gezicht van Steven voor zich.

'Ja, vind je het leuk?' vroeg Enzo.

'Ja, natuurlijk,' zei Cavia. Maar ze vond het moeilijk om op hetzelfde niveau van enthousiasme te verkeren als hij. Stel je voor dat

Enzo, al roerend in een pan, van haar weg zou drijven, richting een nieuwe wereld vol culinaire types.

'Ik vind het echt heel erg fijn voor je, Enzo,' zei ze.

'Dank je, lieve haarbal. En weet je wat ik me realiseerde: ik durf deze stap te zetten omdat ik jou aan mijn zijde heb.' Hij zei het plechtig, en schonk wijn in.

'En wat wil je dan eigenlijk gaan maken in die foodtruck?' vroeg Cavia.

'Goulash!' riep Enzo. 'En de truck gaat heten: Goulash Enzo!' Hij leunde achterover. 'Want iedereen heeft altijd trek in goulash, maar meestal weet je het pas als het je aangeboden wordt.'

Cavia dacht even na. 'Denk je dat mensen het oké vinden om goulash te kopen van een cavia?' vroeg ze voorzichtig.

'Niet één cavia,' zei Enzo, 'twee.'

GOULASH

Het leek wel een huwelijksaanzoek. Maar dan zonder trouwen. Wilde ze mee in de goulashbus? Of wilde ze lekker op kantoor blijven, bij haar nietmachine en haar doosje paperclips?

'Mag ik dit een tijdje op me in laten werken?' had ze gezegd. Enzo was duidelijk teleurgesteld geweest, maar had zich snel herpakt. 'Neem je tijd,' had hij gezegd.

Een dag later zag ze dat hij een ticket aan het boeken was. 'Waar ga je heen?' vroeg ze.

'Naar Hongarije,' zei hij. 'Ik moet me natuurlijk een paar weken gaan onderdompelen in de goulashcultuur. Maar het lijkt me voor iedereen beter als ik dat maar even in mijn eentje ga doen. Anders zet ik jou te veel onder druk.'

'O,' zei Cavia, verbouwereerd over zoveel daadkracht.

Die avond aten ze vegetarische balletjes met roerbakgroente, die Cavia op Enzo's zespitsgasfornuis had klaargemaakt. 'Wat is dit, Caaf?' vroeg Enzo.

'Ik doe een poging om niet te veel aan te komen,' had Cavia bekend.

'Maar ik ben toch dol op je?' had Enzo gezegd. 'Zoals je bent?'

'Dat is fijn.'

Maar de goulashbus bleef een beetje tussen hen in hangen.

HUP

Met een zwaar gevoel liep Cavia de marmeren hal in. Roy zat aan de telefoon en mimede kusjes naar haar. Ze mimede er eentje terug.

Kim was er niet. Ruud zat intens naar zijn scherm te staren.

Cavia keek naar buiten. De bomen waren helemaal kaal. Verderop in de straat floot iemand 'California Dreaming'. Een tl-balk boven Cavia maakte een zoemend geluid en viel toen uit.

Hup, sprak Cavia zichzelf in gedachten toe. De schouders eronder. Om meteen daarna te bedenken dat ze die niet had.

Stella kwam de afdeling op en begon driftig ordners uit de kast te trekken. 'Aan de slag,' zei ze, zogenaamd in het algemeen, maar Cavia interpreteerde het als een bevel. Ze zette haar computer aan, en terwijl die opwarmde, ging haar telefoon.

'Ik dacht, ik bel toch nog even,' zei Enzo, 'want je hoeft je dus totaal niet verplicht te voelen om mee te gaan met de goulashbus, hè?'

'Nee, ik voel me niet verplicht. Ik denk er gewoon nog even over na.'

'Nee, maar ik kan ook altijd nog Josje vragen.'

'Wie is Josje?'

'O, iemand van vroeger.'

Cavia was niet dol op iemanden van vroeger.

Ze merkte dat er meegeluisterd werd. Het was nu zaak om het gesprek zo snel en zo neutraal mogelijk af te sluiten.

'Ik spreek je gewoon later, goed?' zei Cavia.

'O. Ja, goed,' zei Enzo. Hij klonk teleurgesteld.

Met een vervelend gevoel legde Cavia neer.

'En? Zijn er kapers op de kust, Cavia?' Ruud, natuurlijk.

'Nee hoor, dit was puur zakelijk,' zei Cavia.

'Jaja,' smuikte Ruud. 'Alles begint altijd puur zakelijk.'

JOSJE

Cavia zat aan Enzo's keukentafel en bladerde afwezig door de Michelingids van Hongarije. Ze probeerde uit alle macht te voorkomen dat ze ging piekeren over Josje-die-misschien-gevraagd-zou-worden-voor-de-goulashbus. Af en toe hoorde ze Enzo bellen, ze nam aan met Josje, over goulashrecepten en magneetborden voor op de foodtruck. Cavia zweeg over haar zorgen.

Laatst, op een zwakke ochtend, had ze Roy er toch maar over verteld.

'Schat, je moet Enzo er juist wél naar vragen!' had hij uitgeroepen. 'Wat voor soort vriendin ben je, als je helemaal niet jaloers zou zijn!'

Ruud was erbij komen staan. 'Gaat dit over die Josje?'

'Nee Ruud, het gaat over de vraag of gevoelens van jaloezie in een relatie wel of niet gewenst zijn,' had Roy geantwoord.

Cavia had geprobeerd hem met blikken de mond te snoeren, maar dat merkte Roy niet.

'Een beetje jaloezie is juist goed,' had Ruud gezegd. 'Mijn vrouw is nog steeds jaloers als ik op de camping een gesprek aanknoop met een ander moedertje.'

'Moedertje,' had Cavia gewalgd.

'Ja, ik zie je punt, maar sommige moedertjes mogen er nog best wezen, hoor!' had Ruud gezegd.

Enzo's ijskast sloeg aan. Cavia deed de Michelingids dicht. Ze moest er toch maar over beginnen.

'Enzo?' riep ze.

Hij kwam uit zijn werkkamer gelopen. 'Ja?'

'Wie is die Josje nou eigenlijk precies?' Ze probeerde warm-geïnteresseerd te klinken.

'Ik wíst dat je erover zou beginnen.'

‘Puur interesse!’ verdedigde Cavia zich.

‘Josje is mijn ex.’

‘O.’

‘Maar ze is dus mijn éx. Ik heb niets met haar.’

‘Wie heeft het uitgemaakt?’

‘Zij.’

‘Hm.’

De rest van de avond werd Cavia geplaagd door de gedachte dat Enzo, als het aan hem had gelegen, de rest van zijn leven wellicht met Josje had doorgebracht.

Nu was het zaak om verder zo leuk mogelijk te doen. Over een paar dagen zou hij al vertrekken, en het was natuurlijk niet de bedoeling dat ze hem in Josjes armen dreef.

OMDENKEN

‘Wát gaat Enzo doen?’ vroeg Ruud ongelovig.

‘Een foodtruck beginnen,’ herhaalde Cavia. ‘Een goulashbus.’

‘Goulash?’

‘Ja, goulash.’

‘Goulash,’ zei Ruud hoofdschuddend. ‘Lekker voor op de wintersport hoor, maar zomaar in Nederland...’

‘Het is een vorm van omdenken,’ zei Cavia, in de hoop Ruud hiermee de mond te snoeren.

‘Ik denk dat mensen heel erg ver moeten omdenken voor ze goulash van een cavia gaan kopen,’ zei Ruud.

‘Ruud!’ riep Kim. ‘Dat slaat nergens op!’

‘Sorry hoor, ik zeg alleen maar wat iedereen denkt.’

‘Ik denk dat niet, hoor Caaf,’ zei Kim geruststellend. ‘Het maakt niet uit wie de goulash verkoopt, goulash is goulash.’

CAMPER

Enzo was weg. Er was nauwelijks bereik in Hongarije, en ook de wifi was dun gezaaid. Cavia had een sms van Enzo gekregen dat hij veilig was geland, en ook een sms dat hij meteen 'de bush' in zou gaan.

'Waar woont Josje eigenlijk?' had Cavia de ochtend van zijn vertrek nog gevraagd.

'O, overal en nergens,' had Enzo geantwoord. 'Ze is nu met een camper heel Europa aan het doorkruisen.'

Of ze met die verdomde rotcamper ook Hongarije zou aandoen, daar kon Cavia alleen maar naar raden. Want een afscheid moest goed zijn. En het afscheid was goed geweest. 'Dag lieve haarbal van me,' had Enzo gezegd. 'Geef je ze van jetje op dat rare kantoor van je?'

'Ja,' had Cavia geantwoord. 'En doe jij voorzichtig?'

En nu zat Cavia weer op kantoor. Ze begon aan een tekstje voor de website en overlegde zachtjes met Kim over de mailing. Ze bekeek een offerte van een hippe websitebouwer, maar legde die weer weg voor een moment dat ze meer begrip kon opbrengen voor termen als 'efficiency breakdown'.

BELASTINGCENTEN

Om halfelf hoorde ze voetstappen in de gang. Daarna iemand die zijn keel schraapte en aarzelend 'goedemorgen' zei. Ze keek op.

'Hee, Harm-Jan!' riep ze. 'Ben je er weer?'

'Ja, dat wil zeggen, een paar uur.' Hij keek zenuwachtig. 'Om het op te bouwen.'

'Fijn!' zei Cavia enthousiast. Ze vond dat ze klonk als iemand die met demente bejaarden werkte. 'Hartstikke goed!'

'Oké,' zei Harm-Jan aarzelend. Hij leek niet te weten of hij moest blijven staan of al weg mocht.

'Laten we anders even samen lunchen zo!' zei Cavia, om het gesprek positief af te ronden.

'Oké,' zei Harm-Jan weer, en hij liep onzeker naar de trap. Hij had een wat te korte broek aan, wat Cavia aandoenlijk vond.

Toen hij weg was zei Kim: 'Grappig, hij komt toch nooit hallo zeggen? Hij gaat altijd rechtstreeks naar boven.'

'Moet-ie van zijn coach!' riep Ruud. 'Sociale verbanden aangaan. Is goed tegen de burn-out.'

'Echt waar?' vroeg Kim geïnteresseerd.

'Ja, Harm-Jan had er heel veel weerstand tegen,' mengde Stella zich in het gesprek, 'maar het was echt van: ga je zelf meewerken of gaan we richting een heel ander soort oplossing. Richting outsourcing, zeg maar. Nou, en toen ging het ineens wel.' Ze keek met geknepen ogen naar haar scherm, zuchtte en begon toen driftig op de tabtoets te tikken.

'Is dat geen persoonlijke informatie over Harm-Jan?' vroeg Cavia voorzichtig.

'En of dat persoonlijk is,' zei Ruud. 'Maar we betalen hier allemaal mee aan zijn herstel.'

'Nou,' zei Cavia, 'daar is de ziektewet toch voor?'

'Van uw en mijn belastingcenten, mevrouw,' hield Ruud vol. 'Als wij zijn ziektegeld moeten ophoesten, dan mogen wij néém ik aan toch ook wel een beetje op de hoogte zijn van hoe het ervoor staat.'

OPGELOST

Nu Enzo weg was, werd Cavia ineens weer wakker in haar eigen huis. Ze was er de afgelopen tijd zo weinig geweest dat ze het zielig vond voor haar spulletjes, maar ze sprak zichzelf meteen streng toe: 'Dingen zijn niet zielig.' Je kon wel aan de gang blijven.

Omdat ze niets in huis had, besloot ze koffie te drinken bij het tentje om de hoek, met een chocoladecroissant erbij. Er stond Franse muziek op en er zat een oudere heer de *Financial Times* te lezen. Cavia voelde zich een cavia van de wereld.

'Goedemiddag!' riep Ruud, toen ze om halftien de afdeling op liep.

'Sorry,' zei Cavia.

Halverwege de dag kwam er een mailing van het moederconcern. Er stonden woorden in als 'innovatie', 'juist in deze tijd', en dingen over 'de identiteit van ons bedrijf'. Natuurlijk werd er ook een punt op de horizon gezet.

Cavia probeerde het bericht te lezen, maar de tekst duizelde haar. Ze klikte de mail weg. Kim, die meer vertrouwen had in de begrijpelijkheid van de wereld, vroeg: 'Snapt iemand waar die mail over gaat? Van het moederconcern?'

'Over bezuinigingen,' zei Ruud, 'en een ontslagronde.'

'Bedankt Ruud,' zei Stella geïrriteerd. 'Bij Human Resources proberen we dit soort boodschappen gefaseerd en weloverwogen te brengen.'

'Bij Financiën vinden we dat de pleister het best snel verwijderd kan worden.'

'Maar de crisis is toch bijna voorbij?' vroeg Cavia.

'Ja,' zei Ruud, 'maar binnen onze branche hebben we relatíéf geprofiteerd van de crisis. Als de boel weer aantrekt, gaan onze klanten de zaken weer veel meer inhouse regelen.'

Daar dacht Cavia over na. Eerst werd er gezegd dat er door de crisis niets kon. En nu kon er niets omdat de crisis bijna voorbij was.

'Staan er nog specifieke banen op de tocht?' vroeg Kim.

'Ruud,' zei Stella scherp, en daarna zonnig tegen Kim: 'Daar is in dit stadium niets over bekend, en trouwens, het kan ook nog heel goed dat het allemaal op een andere manier wordt opgelost.'

Welke andere manier dan? vroeg Cavia zich af, maar durfde het niet te vragen.

ZWEDEN

Dat er banen op de tocht stonden, werd steeds duidelijker. Cavia begon voor zichzelf te vrezen. Het was al twee keer gebeurd dat Ruud en Stella aan het smiespelen waren en dan haar kant op keken. Onbehaaglijk.

Kon ze Enzo maar bellen. Maar die zat al dagen onbereikbaar te zijn op een of andere hoogvlakte.

Op een stille woensdag kwam Harm-Jan op de afdeling. Schutterig stond hij in de deuropening. 'Mag ik even wat zeggen?' zei hij. Cavia ging ervan uit dat hij dit had geoefend met zijn coach.

'Ja, Harm-Jan?' zei Stella, alsof ze het tegen een kind van negen had.

'Ik kom hier met het doel om afscheid te nemen.'

'Nee!' riepen Kim en Cavia tegelijk.

'Ja,' zei Harm-Jan. En verder was hij stil.

'Wat ga je dan doen?' zei Roy, die er ook bij was komen staan.

'Ik ga een tijdje naar Zweden,' zei Harm-Jan, 'daar heeft mijn broer een biologische boerderij. En daar ga ik de dingen op een rijtje zetten.'

Kim liep naar hem toe en gaf hem een knuffel. Harm-Jan kon hier duidelijk niet mee omgaan en bleef stokstijf staan. Roy riep: 'Group hug!' en sloeg zijn armen om Harm-Jan en Kim heen. Toen ging Cavia er ook maar bij staan. Het was een gek groepje, geobserveerd door Stella en Ruud.

Omdat niemand wist hoe de group hug weer moest worden afgebroken, duurde hij iets te lang. Daarna stonden ze verlegen bij elkaar.

'Veel geluk, Harm-Jan,' zei Cavia. 'Mail je nog eens?'

'Als daar wifi is,' zei Harm-Jan.

‘Tuurlijk is daar wifi,’ zei Roy.

Het was weer stil.

‘Nou, dan ga ik maar.’

‘Daag!’ riep iedereen, alsof ze Sinterklaas uitzwaaiden.

Daarna was het even heel leeg op de afdeling.

Ruud verbrak de stilte: ‘Nou, dat scheelt weer een hoop ellende.’ Hij gooide een dossiermap in de prullenbak. ‘Soms lossen de zaken zich vanzelf op.’

‘Ja, dit maakt de ontslagronde ook een stuk minder gecompliceerd,’ voegde Stella er opgeruimd aan toe. ‘Misschien zijn we er zo zelfs al.’

Ze glimlachte naar Cavia.

COMMUNICATIESFEER

Cavia kreeg een mail van Enzo uit een stadje dat Akarmező heette, waar hij even wifi had. 'We weten in Nederland niet eens wat paprikapoeder ís!' schreef hij vol enthousiasme. Cavia vroeg zich af of het erg was als je elkaars passies niet volledig deelde, en vulde ondertussen haar nietmachine.

Ze stelde zich Enzo voor in een wolk van paprikapoeder, naast een aantrekkelijke vrouw met gehennaad haar. Josje. Met d'r camper. Cavia joeg het eerste nietje door een post-it.

'Hoe vergaat het Enzo eigenlijk in Hongarije?' vroeg Ruud, alsof hij rook dat ze aan hem dacht. 'Mist hij de communicatiesfeer al?'

'Nee, niet echt, geloof ik. Hij gaat helemaal voor de goulashbus.'

'Dapper,' knikte Ruud. 'Weet hij wel dat elke vorm van horeca hoe dan ook betekent: keihard werken, geen geld, en tien jaar eerder dood?'

'Ehm, ik heb niet het idee dat hij op die manier denkt, nee.'

'Nou, dan zul jij de kostwinner moeten zijn,' zei Ruud.

Stella gniffelde.

'We hebben niet veel nodig,' zei Cavia, en ze hoopte dat ze klonk als het kleine huis op de prairie.

'Stanleys neef verkoopt anders jambo op alle Antilliaanse festivals en die rijdt nu in een Audi,' kwam Kim ertussen.

Kijk, daar was je kantoorvrienden voor.

'En als het niet werkt, dan verzint Enzo wel wat anders,' zei Cavia.

Aan het eind van de middag begon het hard te regenen, en iedereen bleef wat langer op kantoor. Roy checkte het weerbericht, en toen bleek dat ze nog wel twintig minuten zouden moeten wachten, haalde hij automaatchocomel: 'Hier, denk de slagroom er maar bij.'

PIET

Om halftwaalf werd er op de deur gebonsd. Cavia schrok op, want ze was net aan het googelen op miltvuur. Er kwam een Zwarte Piet naar binnen die met een Surinaams accent riep: 'Hallo hallo! Zijn er hier nog stoute kindertjes?' Hij gooide wat strooigoed door de ruimte en rende toen weer weg.

Cavia keek naar Ruud. 'We zouden dit jaar toch niet aan Sinterklaas doen? Omdat we al een kerstborrel hebben?'

Ruud wilde antwoorden, maar net op dat moment kwam Roy binnen. 'Zeg Ruud, heel leuk dat je toch een Piet hebt geregeld, maar dat zwarte kan echt niet meer, en dat Surinaamse accent al helemaal niet. Sorry dat ik het zeg.'

'Helemaal mee eens,' zei Kim.

'Ja, Kim, maar dat zeg je alleen omdat je een Antilliaanse vriend hebt,' zei Ruud.

Kim snoof en zei: 'Helemaal niet! Dat heeft er nou eens helemaal níéts mee te maken. En –'

'Ennnn op de plaats rust,' onderbrak Ruud, 'als nu alle hormonen weer even opgeborgen kunnen worden, heel graag, bedankt.'

'Nou ja!' riep Kim, en ze beende naar de wc.

'Lekker bezig, Ruud,' zei Roy.

'Dank je,' zei Ruud. 'Maar die Piet komt niet van mij, hoor. Misschien heeft iemand van hogerop hem geregeld of zo.'

'Nóg hogerop dan jij, Ruud?' vroeg Cavia vals, maar dat viel weg omdat Stella ineens riep: 'Er zit een briefje bij!' Ze wees naar de grond.

Inderdaad lag er een klein opgevouwen briefje op het tapijt, tussen wat pepernoten. Kim pakte het op en vouwde het open. 'Er staat: "Groeten van de Emballage want zonder de Emballage is er helemaal niks!"'

‘Is het van de Emballage?’ vroeg Cavia.

‘Ach, wat aandoenlijk,’ zei Stella, ‘dit is waarschijnlijk een poging om aan pr te doen. Op hun manier dan.’

‘En ik ga nú uitzoeken van wiens budget dit is gegaan,’ zei Ruud.

Cavia dacht aan de Emballage-afdeling. Zou Marja daar nog werken? De vrouw die een tijdje op hun afdeling had gezeten, tot ontdekt werd dat ze haar rugklachten had gefingeerd? O nee. Marja was van de Distributie geweest. Maar dat zat wel naast de Emballage. Raar eigenlijk dat ze nooit contact hadden met die hele afdeling. Gedachteloos stopte Cavia een kruidnoot in haar mond.

‘Gadver,’ riep Stella. ‘Die eet je toch niet op? Die komt van de Emballage!’

BOSWANDELING

Enzo was nu een paar weken weg. Halfslachtig werkte Cavia aan een nieuwsbrief. Ze wilde dat Enzo er weer was, dan konden ze samen een boswandeling maken. Gedachteloos typte ze het woord 'boswandeling' boven de nieuwsbrief, min of meer om te kijken hoe het stond.

Haar telefoon ging. Enzo. 'Hee!' zei ze.

'Ha, ik ben nu,' klonk het, en daarna hoorde ze niks. Toen nog even 'hoge bergen... nauwelijks bereik... fantastisch.' Daarna werd de verbinding verbroken en stond er op het schermpje: 'Gesprek mislukt.' Dat kun je wel zeggen, dacht Cavia. Hoewel, ze wist precies wat ze moest weten, Enzo was de bergen in getrokken en daar was het leuk. En nu niet denken aan Josje, zei ze streng tegen zichzelf. Ze keek gedachteloos naar haar nieuwsbrief en, om de gedachte aan Josje weg te drukken, drukte ze op 'send'.

Daarna ging ze koffie halen. De vijfduizend subscribers hadden de nieuwsbrief nu nog voor de lunch, en dat was gunstig. Tijdens de koffie mocht ze van zichzelf weer even op enge ziektes googelen.

Net toen ze verdiept was in gordelroos vroeg Ruud: 'Mag ik vragen waarom wij een mailing met de titel "boswandeling" krijgen? Mis ik iets?'

Oeps, dacht Cavia. Dat gebeurde er als je op 'send' drukte zonder alles nog eens aan jezelf voor te lezen.

Ze besloot zich niet te laten kennen.

'Het is een beetje een experiment,' zei ze. 'Want ik kan dan later kijken hoeveel mensen de mail open hebben geklikt. Er zijn nieuwe theorieën binnen het veld die zeggen dat een semi-onlogische titel juist heel veel nieuwsgierigheid oproept.' Pak aan, dacht Cavia. Ze was vooral trots op het feit dat ze 'binnen het veld' had kunnen gebruiken.

'Hm,' zei Ruud.

PERCENTAGE

De dag na het boswandeling-debacle treuzelde Cavia op weg naar kantoor. Ze had geen zin om te zien hoeveel lacherige reacties ze op haar mailing kreeg. Ze liep nog even de kantoorboekhandel binnen om een piepklein opschrijfboekje te kopen. Daar kon ze binnenkort alle voors en tegens in opschrijven over een mogelijk goulash-busavontuur.

Op de afdeling zette Cavia zo traag mogelijk haar computer aan, en even later zag ze de mailtjes binnenstromen. Het viel mee. Eigenlijk verbazingwekkend weinig over de mailing.

Via het mailinglijstprogramma checkte ze hoeveel mensen de mailing hadden open geklikt. Negentig procent. Zag ze dit goed? Een normaal percentage was zestig procent. Er trok een zenuwachtige zweetaanval door haar vacht.

Ze ging koffie halen, om daarna met frisse blik naar het percentage te kijken, voor het geval ze scheel had gekeken. Nog steeds negentig procent.

'Waarom komen er ineens zoveel orders binnen?' riep Ruud over de afdeling. 'Hebben onze klanten ineens een geldboompje in de tuin?'

'Misschien heeft het iets te maken met de boswandeling-mailing,' zei Cavia voorzichtig, 'die is door negentig procent open geklikt.'

'Negentig procent?!' riep Kim. 'Maar dat kan toch helemaal niet?'

'Blijkbaar wel,' zei Cavia. En nu was het zaak zo bescheiden mogelijk over te komen, zonder iemand te laten vergeten dat dit succes door haar geboekt was.

ORGANOGRAM

‘Het moederconcern wil je spreken,’ zei Stella, en ze legde de telefoon neer.

‘Mij?’ vroeg Cavia.

‘Yes,’ zei Stella, ‘je recente succes met de mailing is niet onopgemerkt gebleven.’ Stella legde zoveel ironie in deze zin dat Cavia besefte dat Stella niets geloofde van haar verhaal over de nieuwe communicatiestrategie.

‘Misschien krijg je wel een bonus!’ riep Kim, altijd in staat de ander het geluk te gunnen.

‘Dát denk ik niet,’ zei Ruud zuur, ‘want dat zou dan toch langs mij moeten zijn gegaan.’

Cavia belde het moederconcern terug, kreeg een eng-professionele secretaresse aan de telefoon, en al snel was een afspraak gemaakt met de grote baas. Of met een van de grote bazen, dat wist Cavia niet precies.

‘Is er eigenlijk een organogram van de hele organisatie?’ vroeg ze later die dag aan Stella.

‘Een organogram is iets van de vorige eeuw, zoals je misschien weet,’ zei Stella, ‘want dat soort vaste structuren passen niet meer bij een bedrijf dat zichzelf als wendbaar en flexibel ziet.’

‘En het maakt het moeilijker om mensen te ontslaan,’ gnuifde Ruud.

‘Misschien moet je nu wel een mantelpak aan, Caaf!’ riep Kim enthousiast.

GROOT

Was Enzo er maar, dacht Cavia, terwijl ze gedachteloos wat Brinta wegwerkte. Die zou weten hoe ze zich bij de grote baas moest gedragen. Er was een ansichtkaart gekomen uit Üdvözlettel. 'SUPERGOULASH HIER! DAG HAARBAL, JE HAARBAL!' stond erop. Voor iemand die zijn hele werkzame leven in de communicatie had gezeten, was hij op papier een man van weinig woorden.

Even later stond Cavia in haar grijze trenchcoat voor de spiegel en controleerde haar vacht. Nergens loshangende plukken, voor zover ze kon zien. 'Vooruit,' zei ze hardop tegen de spiegel.

Het moederconcern zat in een groter pand, de voordeur was groter en de secretaresse was groter dan Roy. Het was een Vikingvrouw met een dikke vlecht die zei: 'Als u daar dan even plaatsneemt.' Ze wees op een zitje met moderne krukjes.

Cavia ging zitten en de Vikingvrouw zei goedkeurend: 'Juist.'

Cavia staarde naar een stapel glossy's, maar durfde er geen te pakken, bang dat ze te nonchalant over zou komen.

'Kan ik u iets te drinken aanbieden? Water?' zei de Vikingvrouw na verloop van tijd.

'Nee, dank u, ik ben oké,' zei Cavia. Om zichzelf daarna in stilte uit te schelden voor haar raar-informele 'ik ben oké'. Hoezo ben je oké, dacht ze, je hebt een foute mailing de deur uit gestuurd die per ongeluk succesvol was. Dat is niet oké.

Al wachtende in het zitje kwam Cavia tot het besluit om de grote baas maar gewoon eerlijk te vertellen wat er gebeurd was. Gênant, ja, maar wel het verstandigst.

'Als u mij wilt volgen,' zei de Vikingvrouw. En daar liepen ze, door een doolhof van brede, gestoffeerde gangen, tot ze bij een grote houten deur kwamen. De Vikingvrouw klopte aan, deed de deur open en zei: 'Uw afspraak is er.'

'Ja,' klonk het. 'Laat maar binnenkomen.'

Cavia stapte de kamer in. Door hoge ramen stroomde het zonlicht over het tapijt. Ze zag een silhouet van een man oprijzen. De grote baas was gigantisch, minstens twee meter tien. Langzaam kwam hij op haar af gelopen. Toen hij vlakbij was, viel er licht op zijn gezicht en herkende Cavia hem van het seminar waar ze in de zomer heen was geweest. Dit was de opperbaas die toen een onverstaanbare toespraak had gehouden.

'De Groot,' zei de grote baas, terwijl hij zijn hand uitstak.

'Ja, dat zie ik,' zei Cavia van pure zenuwachtigheid.

De Groot reageerde niet.

Achter zich hoorde ze hoe de deur van de kamer zachtjes gesloten werd.

UITROLLEN

'We zijn benieuwd naar jouw ideeën,' zei De Groot.

Cavia zat in een kuipstoel op het hoogpolige tapijt in de enorme kamer van de grote baas.

'Ja,' zei Cavia verward. Ze had een zin voorbereid, en die ging ze maar meteen zeggen. 'Ik denk dat het in deze tijd heel erg belangrijk is om out of the box te denken als het gaat om communicatie. Juist in deze tijd.' Ze had niet twee keer 'in deze tijd' moeten zeggen, realiseerde ze zich. Maar het was al te laat.

'Hm,' zei De Groot. De Groot was niet alleen lang, hij had ook een bijzonder groot hoofd. Zijn ogen waren waarschijnlijk normaal van formaat, maar leken klein door al het grote eromheen. Hij keek haar indringend aan. 'En daarmee bedoel je?'

Ja, dat was het probleem. Ze had besloten eerlijk te zijn over haar wild-succesvolle mailing. Maar nu bleek dat ze dit soort eerlijkheid op het moment suprême toch niet in zich had.

'Dat het heel verfrissend kan zijn om mensen te verrassen, in plaats van ze precies te sturen wat ze al verwachten,' hoorde ze zichzelf zeggen.

'Wat rendeert tot?' vroeg De Groot.

Rendement, dat was iets waar je je als communicatiemedewerker toch niet mee bezig hoefde te houden? Dat was toch het terrein van Ruud?

'Meer online traffic?' probeerde ze.

'Hm,' zei hij weer. 'En hoe wil je dat uitrollen?'

'Eh,' aarzelde Cavia, terwijl ze rook hoe er een angstgeur opsteeg uit haar vacht. 'Misschien een seminar met alle communicatiemedewerkers? En dan brainstormen over inventieve manieren van communiceren?'

Het was even stil. ‘En dat jij dan de keynote doet?’ vroeg De Groot.

‘Bijvoorbeeld!’ zei Cavia. ‘Bijvoorbeeld.’ Zo direct even opzoeken wat precies de definitie van een keynote was.

‘Goed,’ zei De Groot. ‘Make it happen.’

Cavia slikte.

STEUNKOUSEN

Er ging een week voorbij, waarin Cavia angstige visioenen had over de keynote. Het was een soort spreekbeurt, wist ze nu, maar dan met plaatjes. Hoe moeilijk kan het zijn, sprak ze zichzelf toe, om vervolgens heel lang nuttige dingen te doen die echt niet konden wachten. Zoals de punaises op haar prikbord ordenen.

Op een kille middag besloot Cavia, in een nieuwe bui van keynote-vermijdend gedrag, de onderhoudsmonteur van de koffieautomaat te bellen. Ze toetste het nummer in. Na ongeveer vijftien keer over te zijn gegaan, werd de telefoon opgenomen. Een oude stem zei: 'Brakenhof.'

'Dag, spreek ik met de firma Koffie Op Locatie?'

'Pardon?' De man die Brakenhof heette, begreep duidelijk niet waar het over ging. 'Bent u van de thuiszorg?' vroeg hij op zijn beurt.

'Nee, ik belde voor onze koffieautomaat, maar waarschijnlijk ben ik verkeerd verbonden.'

'Ik zou nieuwe steunkousen krijgen,' zei meneer Brakenhof, 'maar die heb ik tot op heden niet mogen ontvangen.'

'Hè, wat vervelend,' zei Cavia.

'Zoudt u daar wellicht intern een telefoontje aan kunnen besteden? Ik val onder Zorgcluster Geritopia,' zei meneer Brakenhof.

'Nou, ik ben dus eigenlijk niet van de thuiszorg,' probeerde Cavia.

'Het kan mij in dit stadium niet schelen waarvan u bent, maar de feiten liggen nu zo dat ik hier zonder steunkousen zit.' Meneer Brakenhof klonk als iemand die vroeger een belangrijke functie had gehad.

'Ik zal kijken wat ik voor u kan doen.'

'Dank u wel, en dan zie ik uw antwoord spoedig tegemoet.'

Cavia legde neer en keek om zich heen. 'Verkeerd verbonden,' zei ze tegen de anderen.

'"Verkeerd verbonden" bestaat al een jaar of vijftig niet meer, Cavia,' zei Stella. 'Sinds er geen telefonistes meer zijn maken we alle fouten gewoon zelf.'

'Oké, verkeerd ingetoetst dan,' zei Cavia.

Ze dacht nog even na over meneer Brakenhof, die vast eenzaam in een groot huis zat, verward en ongelukkig. Ze zocht het nummer van Zorgcluster Geritopia op, belde en kreeg een medewerkster aan de telefoon die 'niets over specifieke individuen mocht zeggen' en 'alleen op dossiernummer, niet op naam kon zoeken', want 'het hele systeem ligt eruit'. En of ze een momentje had. Cavia luisterde een minuut of vijf naar een wachtmuziekje en kreeg toen iemand anders aan de telefoon, iemand die snel en gedecideerd zei dat de herbevoorrading van steunkousen inderdaad 'sectorbreed' een probleem was.

Toen was het alweer vijf uur. Met een onbevredigd gevoel sloot Cavia haar computer af. Eenmaal buiten trilde haar telefoon: een sms. 'Morgen stap ik op het vliegtuig naar huis, gekke haarbal van me!'

Enzo kwam terug. Goddank.

JÓ ÉTVÁGYAT

Cavia was door de mist naar kantoor gekomen. Toen ze eenmaal goed en wel zat, merkte ze dat er een geur van paprikapoeder om haar heen ging. Ze hoopte dat niemand het zou ruiken, maar ergens rond het middaguur zei Kim ineens: 'Ik heb zin in winters eten. Goulash of zo.' Dus het was toch wel doorgekomen. Cavia hoopte dat het allemaal op een subliminaal niveau bleef. Toch ging ze voor de zekerheid naar de wc om de deur een paar keer open en dicht te doen. Dan daalde er elke keer een wolkje lavendellucht op haar neer.

Gisteren was Enzo teruggekomen, met een sporttas vol met echt authentieke paprikapoeder van de Hongaarse vlaktes, en een daarnaar riekende vacht.

'Man, man, man,' had hij gezucht, 'ik weet alles over goulash. Nu nog een truck fixen en pimpen en ik ben er klaar voor. Jó étvágyat.' Hij was even stil. 'Dat betekent "eet smakelijk".' Hij keek haar aan. 'En hoe is het hier?'

'Ik moet van de grote baas een brainstorm organiseren over een nieuwe pr-strategie,' zei Cavia.

'O jee,' zei Enzo, 'je kijkt alsof die brainstorm een enge ziekte is.'

'Is het ook,' zei Cavia, 'en ik heb nog niks en ik moet ook een keynote verzorgen.'

Ineens prikten er tranen in haar ogen.

'Ach, arme haarbal.' Hij trok haar naar zich toe. 'Je verzint toch wel wat? Slechter dan mijn laatste presentatie kan het niet worden.' Hij lachte.

'Ja, maar.' Het was nu echt huilen geworden.

'Wat is er dan?'

'Je was zo lang weg,' snikte Cavia.

'Moet je niet toch gewoon gezellig meedoen met het goulashproject? Samen ertegenaan, zeg maar?'

'Hoe dan? Mijn baan opzeggen?'

'Je mag ook eerst alleen in de weekends mee. Beetje in een pan roeren.'

Beetje in een pan roeren. Dat klonk ineens als de mooiste dagbesteding die er was.

'En Josje dan?' vroeg ze.

'Josje is nog langs geweest in Boedapest,' zei Enzo. Cavia's nekharen gingen meteen rechtop staan. 'Ze heeft een nieuwe vriendin met wie ze een wijnboerderij gaat beginnen.'

Dat voelde als een regelrechte opluchting. Cavia haalde adem. 'Is ze lesbisch geworden?'

'Geen idee. Maar ze heeft nu een vriendin, dus ze is op z'n minst bi.'

'En ze gaat niet mee met de goulashbus?'

'Nee. Blij toe, want ik was vergeten hoe intens zij is, qua persoonlijkheid. Ik was na één avond borrelen totaal kapot.'

Je wilde, als nieuwe liefde, natuurlijk liever dat een ex te sloom was dan 'te intens', maar Cavia moest het er maar mee doen.

'Gelukkig,' zei ze, met een klein stemmetje. 'En wat moet ik nou ondertussen met mijn keynote?'

'Komt goed,' zei Enzo.

En zo voelde het ook. Alsof nu alles goed zou komen.

PANIEK

‘Wanneer is die presentatie eigenlijk?’ vroeg Kim, en Cavia voelde het zweet alweer uitbreken.

‘Volgende week,’ zei ze benepen.

‘Moet er dan niet een mailing de deur uit?’ zei Kim. ‘Ik bedoel, naar alle mensen die moeten komen? En waar is het eigenlijk?’

‘Ehm,’ zei Cavia. De paniek sloeg toe.

‘O jee,’ zei Kim, die zag wat er aan de hand was, ‘even koffie doen?’

‘Gaat het nog, dames? Of zijn de maandelijkse hormonen weer op hol geslagen?’ riep Ruud, maar Kim en Cavia liepen de hal al in.

‘Oké, even rustig ademhalen,’ zei Kim, ‘we gaan dit gewoon oplossen. Adem in, adem uit. Wat moet er allemaal gebeuren?’

‘Alles,’ zei Cavia, ‘alles.’

Roy, die een fijne neus voor crisissituaties had, kwam erbij staan. ‘Wat is er aan de hand, lieve schatten van me?’

‘Cavia moet een brainstorm organiseren over nieuwe communicatiestrategieën, maar ze doet altijd alles per ongeluk,’ vatte Kim het probleem verbazingwekkend accuraat samen.

‘En een keynote,’ voegde Cavia eraan toe, ‘ik moet ook een keynote doen.’

‘O,’ zei Roy, ‘en vanwaar de paniek?’

‘Nou, ten eerste, waar moet dit allemaal plaatsvinden?’

‘How about hier?’ zei Roy.

Ja, waarom ook eigenlijk niet? Het kon best hier in de hal. Dat bood al enige rust.

‘We stellen de beamer hier op, en we kleden het gezellig aan,’ zei Roy.

‘We moeten ook een thema,’ zei Kim.

‘Boswandeling?’ opperde Cavia.

‘Boswandeling!’ riep Roy.

‘Maar het moet wel non-alcoholisch,’ zei Cavia.

‘Ik maak wel mini-cupcakes met bosbessen,’ zei Roy. ‘Beetje high-tea slash picknicksfeer, lekker brainstormen en dan ergens tussendoor houd jij je keynote.’

Nu leek het ineens ergens heen te gaan. Inhoud was er nog niet. Maar de aankleding wel.

MINI-CUPCAKE

'Waarom doe ik dit,' vroeg Cavia zich af, vijf minuten voordat ze haar keynote moest geven. In de hal, waar het eigenlijk toch best tochtig was, zat een handvol communicatiemedewerkers. Roy had het boswandeling-thema in de aankleding terug laten komen: drie statafels met groen crêpepapier en kastanjes erop. Op een van de tafels stond de beamer. Er was een katheder neergezet voor haar laptop, en boxen ernaast voor het geluid.

Cavia probeerde het plugje van de boxen in haar laptop te friemelen, maar het was óf het verkeerde plugje, óf het verkeerde gaatje. Net toen ze Roy erbij wilde roepen, zwaaide de deur open. Daar stond De Groot, de grote baas.

'Welkom, welkom,' zei Roy tegen hem, terwijl hij op hem afliep met een bord vol mini-cupcakes. 'Ik ben Roy. En u bent?'

'Ik ben je baas,' zei De Groot. Hij nam een mini-cupcake. Het cakeje zag er in zijn grote hand wel erg hulpeloos uit.

'O,' zei Roy, 'sorry.'

'Geeft niet,' zei De Groot, 'ik ben hier ook vrijwel nooit.' Hij keek rond met een blik waarin niets te lezen viel.

Alle communicatiemedewerkers hadden zich omgedraaid om naar De Groot te kijken. Die knikte vriendelijk en ging zitten. Zijn knieën staken omhoog, alsof hij een vader was die op een ouderavond in de kleuterklas op een veel te klein stoeltje was neergezet.

En toen was het tijd om te beginnen. Cavia had met behulp van Kim een powerpointpresentatie voorbereid, waarvan ze hoopte dat die ruim een kwartier zou duren. Toen ze hem met Enzo had geoefend duurde hij maar drie minuten, maar je wist nooit hoe het zou lopen als er publieksreactie was, had ze zichzelf voorgehouden. Er zou hoe dan ook voldoende tijd zijn voor een brainstorm na afloop.

‘Communicatie,’ begon ze toen iedereen zat. Ze merkte dat ze in de lichtbundel van de beamer stond, en deed een stapje opzij. ‘Communicatie is natuurlijk heel belangrijk, want zonder communicatie zouden we elkaar niet begrijpen.’

Het was een open deur, maar ja, je moest ergens beginnen.

‘Maar zijn we inmiddels niet helemaal sufgecommuniceerd?’ stelde ze de vraag, en ze toonde een plaatje van een man met een mobiele telefoon.

‘Zijn we niet moe van alle communicatie?’ Een plaatje van een slapende vrouw.

‘Hoe moet je je als communicatie-professional nog onderscheiden in het veld?’ Plaatje van Tokio, met allemaal lichtreclames.

‘Door...’ geluid van tromgeroffel, dat helaas alleen uit haar laptop kwam en niet over de boxen van Roy.

‘Dat is tromgeroffel,’ zei ze erbij.

‘O, ik dacht dat iemand een stoel verschoof,’ zei een vrouw die Cavia niet kende maar die waarschijnlijk werkte op een buitenfiliaal.

‘Door...’ zei Cavia nogmaals, en drukte op de spatiebalk.

‘SURPRISE!’ stond er in beeld.

‘Door een verrassing,’ vertaalde Cavia. ‘We moeten onze contacten verrassen, anders merken ze niet wat wij doen. Laatst heb ik bijvoorbeeld een mailing uitgestuurd met de titel “boswandeling”, terwijl de inhoud verder niets met een boswandeling te maken had. Dat was verrassend.’

Het was even stil. Cavia was bijna aan het eind van haar presentatie, maar ze had niet het idee dat ze al een kwartier gevuld had.

Ze klikte door, en daar kwam een screenshot van haar boswandeling-mailing. Eroverheen stond de kreet: ‘90% opengeklikt.’

‘Dus...’ zei ze.

Het was stil na de presentatie van Cavia. In haar positievere fantasieën kwamen er nu allemaal vragen, of ontstond er een enthousiaste discussie. Zodat ook aan het brainstormgedeelte voldaan zou worden. Gelukkig, een vrouw achterin stak haar hand op.

'Ja?' zei Cavia.

'Maar wat had het dan met een boswandeling te maken? Die mailing?' vroeg de vrouw.

'Ehm, niks dus,' zei Cavia, 'dat was zeg maar de point, dat het er niets mee te maken had, en toen dacht iedereen van "huh?"'

Het was stil. Iemand verschoof een kopje.

Cavia keek naar de klok. Er moest iets gebeuren. NU.

POESTA

Het publiek bleef Cavia verwachtingsvol aankijken. Hoe moest ze de rest van de tijd vullen? 'Dus…' zei ze nog een keer.

Op dat moment vloog de deur open. 'Surprise, surprise!' riep Enzo. Hij stapte met een enorm dampend dienblad de hal binnen.

Cavia stond als aan de grond genageld. Ergens klonk een verbaasd 'what the fuck', Roy waarschijnlijk.

'Als iemand me even kan helpen!' riep Enzo. Kim snelde toe.

'Ja mensen, dit is dus wat Cavia bedoelde met het verrassingseffect!' riep hij. De Groot draaide zich langzaam om.

'Dus speciaal voor deze middag,' vervolgde Enzo, 'heb ik een kleine goulash-tasting bij me. Lekker herfst, lekker boswandeling, lekker goulash.'

Hij begon kleine bakjes rond te delen.

'Dit is een hoogland-goulash,' hoorde Cavia hem tegen De Groot zeggen, 'terwijl dit meer een poesta-goulash is, zeg maar wat we hier kennen.'

De Groot pakte een poesta-goulash van het dienblad. Traag ging het plastic lepeltje in de goulash, en daarna in zijn mond.

Het was even stil.

'Verrekte lekker,' zei De Groot.

En het was alsof dit het startschot was. Ineens was er gepraat, stoelen werden omgekeerd, en binnen vijf minuten was er een goulashfeest gaande. Er werd een fles wijn uit een overgebleven kerstpakket van vorig jaar tevoorschijn getoverd en Roy riep 'olé', wat geen Hongaars was, maar wel bijdroeg aan de sfeer.

De vrouw die Cavia niet kende kwam op haar af en zei: 'Supergoed verzonnen. Ik dacht dat je gewoon na drie minuten klaar was, haha!'

'Ja, haha,' deed Cavia mee.

Enzo kwam naar Cavia toe. 'Jij ook een bakje?' vroeg hij.
'Ja,' zei Cavia, 'doe maar de hoogland-goulash.'
'Goede keuze,' zei Enzo.
'Dank je wel,' zei Cavia, 'ik dacht net, alles loopt helemaal vast. En toen kwam jij binnen.' Ze verborg even haar gezicht in zijn nekvacht.
Enzo lachte zachtjes.
'Was je het al van plan?' vroeg Cavia.
'Een beetje,' gaf Enzo toe. 'Maar ik ben slechts het doorgeefluik, hè. De goulash wilde hier zelf graag zijn.'

JA, NEE

Cavia werd wakker met een kater. De presentatie was dan wel goed gegaan, maar daarna waren ze met een groepje nog bij Enzo thuis geëindigd. Roy was er geweest, en Kim, en later was Stanley, de vriend van Kim, er ook nog bij gekomen. En nog wat mensen die ze niet kende. De goulash had rijkelijk gevloeid, en de zoete Hongaarse wijn ook. Cavia dronk niet, maar had van zoveel verschillende glaasjes geproefd dat ze nu toch koppijn had. Ineens kwam er een herinnering aan een Hongaarse kruidenbitter voorbij. Ze probeerde de gedachte weg te drukken.

Enzo lag naast haar de diepe, snurkende slaap van het Hongaarse laagplateau te slapen.

Stil stond Cavia op. Ze moest naar haar werk.

Enzo's onderbuurvrouw deed de deur open op het moment dat Cavia de trap af liep.

'Leuk feestje gisteren?' vroeg ze.

'Ja,' zei Cavia, 'beetje laat was het wel.'

'Ja, nee, want ik dacht al, het gaat wel lang door.' De onderbuurvrouw glimlachte er iets te hard bij.

'Sorry.'

'Nee, zo bedoel ik het niet, maar ik dacht wel, al die paprikageuren de laatste tijd...'

'Ja, Enzo is bezig met goulash.'

'Ik dacht al. Ik dacht al. Ja, nee, ik vind het helemaal prima, maar als hij dat bedrijfsmatig gaat doen, dan is dat natuurlijk niet overeenkomstig de splitsingsakte.'

'O,' zei Cavia. 'Nou, daar weet ik verder niets van.' Haar hoofd bonsde. 'Sorry, ik moet er zo vandoor eigenlijk.'

'Ja, nee,' zei de onderbuurvrouw, 'het maakt mij allemaal niet uit hoor, vrijheid blijheid, maar er zijn natuurlijk wel bepaalde bestaande afspraken. Binnen de VVE.'

'Ja,' zei Cavia, 'ik geef het door. Dat het een punt van aandacht is.'

'Graag, want je weet natuurlijk niet waar zo'n goulash-obsessie eindigt.'

HANDDOEKDROOG

December vorderde gestaag. Geen sneeuw te bekennen, alleen maar storm en regen. Met een doorweekte vacht kwam Cavia aan op kantoor. Ze ging snel tegen de verwarming aan zitten. Een vacht heeft veel voordelen, maar een natte vacht heeft er maar weinig.

Iedereen was inmiddels alweer bekomen van het goulash-spektakel. Cavia had een persoonlijke bedankmail van De Groot gekregen, daarna had ze een tweede mailing met een onlogische titel ('Bonobo's') verstuurd en toen was alles weer normaal.

Ruud had nog even gedaan alsof hij diarree had gekregen van de goulash, maar Kim had hem er fijntjes op gewezen dat hij al voor de goulash klaagde over zijn stoelgang.

Halverwege de middag was Cavia alweer een uur aan het googelen op obscure ziektes. Toen ze zichzelf zag intypen: 'Symptomen van asymptomatische blaasontsteking', wist ze dat ze iets nuttigs moest gaan doen.

'Zal ik die kast met ordners anders eens op gaan ruimen?' vroeg ze aan niemand in het bijzonder.

'Als je het idee hebt dat dat nodig is,' zei Stella.

Cavia ging voor de kast zitten en trok alle ordners eruit. Stofwolken. Onduidelijke labels. Al snel zat ze tussen stapels en stapels ordners. Sommige stonden er, gezien de stickers op de rug, al sinds 1995. Zouden die ongezien weg kunnen?

Uiteindelijk viste ze alleen de lege ordners eruit en zette de rest netjes terug. Over de inhoud zou ze zich op een later moment buigen. Niet alles tegelijk willen. Toen ze klaar was, zag de kast er goed uit.

'Zo!' zei ze opgeruimd. 'Wie wil er chocolademelk?'

Iedereen wilde. Roy bleek spuitslagroom aangeschaft te hebben en daarmee raakten ze pardoes in een kerstsfeer.

Alleen Kim liet haar chocolademelk staan. 'Ik voel me niet zo lekker.'

'Heb je soms goulash van Enzo gegeten?' vroeg Ruud gemeen.

'Of ben je zwanger?' riep Roy jolig.

Kim werd rood.

GEBREIDE BROEK

'Het is nog maar drie maanden,' zei Kim vanuit de omhelzing waar ze door Cavia en Roy in verstrengeld was.

'Champagne!' riep Roy. 'O nee! Mag niet!'

'Een kleine Kim!' zei Cavia. 'Maar dan met Stanleys kroeskrulletjes! Wat lief!'

'Nou, van harte,' zei Ruud. 'Nu is het nog leuk, zullen we maar zeggen. Ikzelf had er tien jaar geleden een knoop in moeten leggen, maar ja.'

O ja, dacht Cavia, Ruud heeft kinderen.

'Heel erg gefeliciteerd,' zei Stella. 'Ik neem aan dat het nog een beetje te vroeg is om te vragen hoe je je dat dan voorstelt, concreet?'

'Hoe je je wat voorstelt?' vroeg Cavia.

'Nou, met de combinatie zorg-werk,' zei Stella.

'Jezus Stella,' zei Roy, 'mag dit even op een ander moment?'

'Alsof dit ooit aan een man wordt gevraagd,' zei Cavia, strijdbaarder dan gebruikelijk.

'Nou, we hebben er natuurlijk al wel over na zitten denken,' zei Kim, en ze werd nog roder. 'En ik denk, werken kan ik mijn hele leven nog, en dit is zo'n unieke ervaring...'

'Juist, lekker thuis achter de gebreide broek!' riep Ruud.

'Gadver,' zei Roy.

Het was even stil.

'Dus,' begon Cavia voorzichtig, 'je gaat weg?' Ze slikte. Kim was haar steun en toeverlaat.

'We gaan naar Curaçao. Want Stanley wil daar een strandtent beginnen.'

'Jee,' zei Cavia dapper, 'wat een geweldig avontuur wordt dat. Met zo'n kleintje erbij.' Ze probeerde een opkomend traantje weer naar beneden te drukken. Dat lukte maar net.

'Het is daar een relaxtere manier van leven.'

Het nieuws van Kim was te groot om helemaal ineens te bevatten en iedereen ging, bij gebrek aan een beter alternatief, aan het werk.

'Jij moet dan maar de sociale media gaan doen, Cavia,' zei Ruud.

MAAR DAN IN NOORWEGEN

Kim was naar de verloskundige, en Stella was naar een familiedag. Het was rustig op kantoor. Ook Ruud vertrok eerder dan normaal, na een telefoongesprek met zijn vrouw, dat Cavia geïnteresseerd had gevolgd terwijl ze deed alsof ze gespannen een e-mail aan het schrijven was.

'Mij maakt het niet uit... Dan maak je toch die fruitsalade... Nee, zo bedoel ik het niet... Ja, nee, het maakt wel uit... Ik bedoel alleen dat ik nu nog even aan het werk ben... Zou je moeder ze niet halen dan?... Dus wat wil je nu concreet van me?... (zucht)... Oké... Ik haal de kinderen dan wel... En een pak boter... En bladerdeeg... Oké... Tot over een uur...'

Ruud had de hoorn op de haak gesmeten en zuchtend zijn jas gepakt. 'Ik ben getrouwd met Kim Jong-un,' had hij tegen Cavia gezegd.

Aan het einde van de middag kwam Roy binnen. 'Ik heb een baan!' zei hij.

'Ja,' antwoordde Cavia, 'je bent hier toch receptionist?'

'Ja, nee,' zei Roy, 'een echte baan!'

'O nee!' zei Cavia. 'Ga jij óók al weg?'

'Nou Caaf, even eerst blijdschap en interesse graag.'

'Sorry,' zei Cavia. 'Wat leuk voor je! Wat ga je doen?'

'Ik heb via internet gesolliciteerd en ik ben het geworden: ik ga werken bij een surfschool in Noorwegen!'

'Wow, eerst Harm-Jan naar Zweden en nu jij naar Noorwegen,' zei Cavia.

'In Scandinavië gebeurt het,' zei Roy.

'Ik wist niet dat daar gesurft werd,' zei Cavia. 'En ik wist trouwens ook niet dat jij geïnteresseerd was in, ehm, surfcultuur.'

'Ben ik ook niet,' zei Roy opgewekt. 'Ik ga daar een beetje de telefoon opnemen, afspraken maken, zorgen dat het allemaal loopt aan de voorkant.'

'Een soort receptionist dus?' vroeg Cavia.

Roy knikte blij. 'Maar dan in Noorwegen! Bij een surfschool!'

SUPERHEFTIG

Op weg naar kantoor gleed Cavia uit, precies voor het bruine café naast de kantoorboekhandel. Haar hele rechterflank was nat, en ze besloot om dan toch maar eens dat café binnen te gaan om zich op de wc te fatsoeneren.

En dan ook maar een kop koffie, besloot ze, toen ze zich afgedroogd had. Er stond een bord met 'de koffie is klaar!' Een aanprijzing van dertig jaar geleden, evenals de koffie die geschonken werd.

'Ja, alles verandert,' zei de cafébaas, waardoor Cavia even bang was dat ze haar bedenkingen over de koffie hardop had uitgesproken. 'Vroeger zat het hier helemaal vol,' vervolgde de cafébaas, en hieruit concludeerde Cavia dat het een doorgaande monoloog was, die tegen willekeurige klanten werd voortgezet.

'Ja,' zei Cavia. Het was haar voornemen om in het nieuwe jaar vaker gewoon 'ja' te zeggen als het sop de kool niet waard was.

Op kantoor ordende ze haar collectie post-its toen Kim met rode ogen binnenkwam.

'Gaat het?' vroeg Cavia geschrokken.

'Ja, beetje misselijk,' zei Kim. O ja. Ochtendmisselijkheid.

'Kotsie kotsie!' riep Ruud.

'Misschien moet je even wat eten,' zei Cavia. Ze herinnerde zich dat haar vriendin met drie kinderen altijd met crackers rondliep wanneer ze zwanger was.

'Nee, het gaat wel,' zei Kim. Cavia zag dat Kim zich concentreerde op het uitzicht. En zich niet te veel bewoog.

Roy kwam binnen. 'Zeg, in voorbereiding op Noorwegen ben ik van plan om zelf gravad lax te gaan maken, dus echt met de vis begraven, hè...' begon hij.

In een vrij rustige beweging boog Kim zich over haar prullenbak en gaf over.

'Gadver,' zei Stella. 'Ja sorry hoor.'

'Ach lieverd,' zei Cavia, 'moet je niet lekker naar huis?'

Kim kwam met betraande ogen weer boven. 'Ik heb het er allemaal voor over,' zei ze.

'Ja, maar hebben wíj het er ook voor over!' riep Ruud. 'Geintje!'

Hoe lang nog, dacht Cavia.

'Zeg, hoe zit dat eigenlijk,' vroeg Cavia in het wilde weg, 'als Kim weg is en Roy ook, blijven we dan met z'n drieën over?' Ze keek naar Stella en Ruud.

'Dat ligt er even aan wat het moederconcern beslist,' zei Stella.

'O,' zei Cavia. Ze vond het een onbevredigend antwoord. 'En eh... wat zijn de opties?'

'Opvulling vacature, samenvoeging vestiging, verdere uitdunning personeelsbestand,' draaide Ruud af.

'Uitdunning personeelsbestand?' riep Kim. 'Bedoel je dat jullie ontslagen zouden kunnen worden omdat het hier toch al te leeg wordt?'

'Alles kan,' zei Ruud, 'maar deze jongen is weg voordat het zo ver komt, want zoiets staat natuurlijk niet echt lekker op zijn cv.'

De telefoon ging. Stella nam meteen op. 'Ja, spreekt u mee,' klonk het. 'Nee. Nee. Ja, dat kan wel. Ik noteer uw nummer.' Het was even stil. 'Oké, goedemiddag.'

Ze legde neer.

Er vonden wel vaker telefoontjes plaats waarvan Cavia niet begreep waar ze over gingen, maar dit voelde raar.

Kim was haar voor: 'Wie was dat?'

'Het is niet beleefd om dat te vragen,' zei Stella.

'Als iemand niet wil zeggen wie er heeft gebeld, is hij meestal aan het solliciteren,' zei Ruud.

Iedereen keek naar Stella.

HUILIE-HUILIE

Cavia morste bij het ontbijt per ongeluk Brinta over haar vacht. Toen ze op haar werk was, hing er nog steeds een melkige lucht om haar heen. Kim liep twee keer naar de wc om over te geven, maar hield bij hoog en bij laag vol dat dat echt niet aan Cavia lag.

'Nou, de kogel is door de kerk,' zei Stella om vier uur ineens uit het niets.

'Wat?' vroeg Kim.

'Ik ga een stap in mijn carrière zetten. Ik ben gevraagd om de HR te doen bij een groot bedrijf in de foodsector.'

Het klonk alsof ze bang was om per ongeluk sluikreclame te maken.

'Mag je niet zeggen welk bedrijf?' vroeg Cavia.

'Jawel,' zei Stella, 'bij Meat International. Rundvlees en veevoeders. Ze zitten door heel Europa.'

'Goh,' zei Kim, 'dat is dan ook nog snel gegaan.'

'Ja,' zei Stella. 'Soms komt er iets op je pad waar je geen nee tegen kunt zeggen.' Ze had ineens rode wangen.

'Wie weet sla je daar wel een leuke slager aan de haak!' riep Ruud.

Het was even stil.

'Nou, hartverwarmend dat jullie er allemaal zo van schrikken dat ik wegga,' zei Stella.

'Ja, nee!' zei Kim meteen. 'Hartstikke jammer, maar omdat ik zelf ook al wegga...'

'Nou Stella, zo kennen we je niet. Ga je nou helemaal huilie-huilie?' zei Ruud.

'Nee, wees maar niet bang,' zei Stella. Ze zag er inderdaad niet huilie-huilie uit, eerder agressie-agressie, vond Cavia.

'Ik vind het heel jammer dat je weggaat,' zei ze, 'maar ik vind het ook een heel dapper en begrijpelijk besluit.'

‘Ja, het is hier natuurlijk toch ook een sterfhuis,’ zei Stella.

‘Maar ja, dat is die slachterij van je ook,’ merkte Ruud op.

‘Krijg je dan korting op vlees?’ vroeg Kim.

‘Ja, tien procent,’ zei Stella.

Het was weer stil. Langzaam drong de realiteit tot Cavia door. Roy weg, Kim weg, Stella weg...

‘Maar blijven wij hier dan met z’n tweeën over?’ vroeg ze aan Ruud.

‘Kijk maar niet zo angstig,’ zei Ruud. ‘Het kan heel inspirerend zijn om iedere dag, de hele dag, met mij in een afgesloten ruimte te zitten.’

VERLOFMEER

Het was een trage ochtend. Cavia had een lang gesprek met Roy over de koffieautomaat. Ze vroegen zich af of het knopje voor 'sterke koffie' echt iets deed, of dat het psychisch was. Cavia dacht psychisch, Roy dacht dat het echt was, omdat hij echt meer energie kreeg als hij op 'sterke koffie' had gedrukt. Cavia vond energie ook iets psychisch.

De deur ging open. Er kwam een stapel verhuisdozen binnen met daarachter Stella. Met een plof zette ze de dozen op het bureau. 'Zo,' zei Stella, 'opruimen maar.'

'Nu al?' vroeg Cavia geschrokken.

'Ja,' zei Stella, 'als je eenmaal hebt aangekondigd dat je weggaat, dan ben je eigenlijk al weg.'

'O,' zei Cavia.

'Bovendien heb ik een verlofmeer dat ik toch nooit op krijg. Dus… Ik ga.'

'Maar moeten we niet nog een afscheid doen dan?' vroeg Cavia.

'Nou, als je het niet héél erg vindt ga ik even niet nadenken over mijn eigen afscheid.'

's Middags was het bureau van Stella leeg en was er besloten tot een groter afscheid tijdens de kerstborrel, dat 'in één moeite door' ook voor Roy en Kim zou zijn. 'Dan hebben we het maar gehad,' zei Ruud.

In mineur over alle veranderingen liep Cavia door de regen naar huis. Om zichzelf op te vrolijken kocht ze bij de kantoorboekhandel wat bruine enveloppen, eigenlijk alleen om eraan te ruiken.

HM

’s Avonds bij de koffie schraapte Enzo zijn keel en zei quasi-nonchalant: ‘Zeg, wordt het niet eens tijd dat je meegaat in de goulashbizz? Lekker samen de hele Benelux door met drie pruttelende pannen?’

Hij keek haar gespannen aan.

‘Ehm,’ zei Cavia, ‘mag ik er nog een nachtje over slapen?’ Ze dacht aan het piepkleine opschrijfboekje dat ze had gekocht om haar gedachten te ordenen. Ze had tot nu toe alleen nog maar opgeschreven: ‘VOOR/TEGEN’. Daaronder was het leeg.

‘Je slaapt er al heel veel nachtjes over, Caaf.’

Dat was waar.

‘Nog één nachtje dan.’ Haar gedachten dwaalden af naar haar bureau, met haar kantoorspulletjes. Haar perforator. Haar nietmachine. Haar punaises. Haar doosje paperclips.

‘Mogen er dan kantoorspulletjes mee?’ vroeg ze. ‘Want als ik meega in de goulashbus, ik zeg áls, dan heb ik wel behoefte aan íéts van een kantoorsfeer.’

‘Wat ben je toch een rare haarbal,’ zei Enzo oprecht verwonderd. ‘Maar als ik je blij kan maken met wat enveloppen en wat plakband, dan zeg ik: geen probleem.’

‘Hm,’ zei Cavia.

‘Is dat een ja?’ vroeg Enzo.

‘Nee, dat is een hm, en dat betekent dat ik er dus nog een nachtje over slaap.’

COMMUNITY

Die nacht droomde Cavia dat ze in een enorme pan goulash aan het roeren was, en dat ineens De Groot voor de bus stond. De grote baas wilde goulash met bruine bonen, maar dat bestond helemaal niet, goulash met bruine bonen. Enzo stond De Groot uit te lachen, terwijl Cavia ging zoeken of ze niet toevallig een blik bruine bonen bij zich hadden. 'Dan maken we het customized, Enzo!' riep ze in paniek.

'Goulash is niet customized,' zei Enzo, 'goulash is community.'

'Zet je dat dan ook even in de nieuwsbrief, Caaf?' Ineens was De Groot veranderd in Stella.

'Maar jij werkt toch voor Meat International?' zei Cavia, waarop Stella haar ongeduldig aankeek en zei: 'Goulash is toch ook meat?'

In verwarring ging Cavia op handen en knieën op zoek naar een blik bruine bonen. 'Wat ben je nou aan het doen?' vroeg Enzo.

'Ik ben aan het bidden voor bruine bonen,' antwoordde Cavia.

De deur van de goulashbus waaide krakend open en dicht, open en dicht. Net toen Cavia bedacht dat ze met een spuitbus WD40 iets aan dat gekraak moest doen, werd ze wakker.

'Bruine bonen,' zei ze hardop.

'Wat?' zei Enzo.

'Niks,' zei Cavia.

Enzo werd wakkerder. 'Wat zei je nou?'

'Niks,' herhaalde Cavia, 'zomaar wat.'

Enzo kwam tegen haar aanliggen en begroef zich in haar vacht. 'En?' vroeg hij. 'Heb je er een fijn nachtje over kunnen slapen? Ga je met me mee? Zullen we de bus gaan bouwen?'

Nu is het moment, dacht Cavia, op hoop van zegen dan maar.

BLOKJES KAAS

Tijdens de koffie met Ruud, Roy en Kim schraapte Cavia haar keel en zei: 'Het komt misschien heel onverwacht, maar...'

Roy riep: 'Je bent zwanger!'

'Nee,' zei Cavia, 'dat dan weer niet.'

'Ik dacht, zijn dat extra pondjes of zijn dat extra pootjes in het buikje!' zei Roy enthousiast.

Cavia haalde diep adem. Gisterochtend in bed had ze 'ja' gezegd tegen de goulashbus en tegen Enzo, die daarop een vreugdedansje door de slaapkamer had gemaakt. 'We gaan heel Europa door!' had hij geroepen. 'Jij, ik en drie grote pannen!'

Er was een last van Cavia afgevallen, maar nu was ze toch zenuwachtig om haar nieuws naar buiten te brengen.

'Na lang overleg met mezelf en met Enzo,' hervatte ze, plechtstatiger dan ze van zichzelf gewend was, 'heb ik besloten om de stap te wagen.'

'Je gaat mee met de goulashbus!' riep Kim enthousiast. 'Caaf, wat een avontúúr! Heerlijk, door weer en wind overal warm eten brengen!'

Cavia keek naar buiten en zag dat het harder was gaan regenen.

'Nou, eerst doen we vooral de zomerfestivals,' zei Cavia voorzichtig, 'en ik ga dan een website bijhouden, en ik ga goulash-nieuwsbrieven schrijven, de strategie verzinnen...'

'Ge-wel-dig,' zei Roy, 'en misschien kunnen jullie dan ook naar Noorwegen komen! Why not!'

'En hoe zie je je pensioenplan dan voor je?' vroeg Ruud.

'Hè, jasses Ruud, wat ben je toch een partypooper,' zei Roy. 'Who is thinking about a pensioenplan?'

'Ik,' zei Ruud.

'Ehm,' zei Cavia, 'Enzo en ik gaan daar te zijner tijd wel het een en ander over definiëren in onze vijfjarenprojectie.'

Zo. Dat klonk goed, en ze zou later wel opzoeken of ze iets zinnigs had gezegd.

'Doen we de afscheidsborrel met kerst lekker voor iedereen,' ging Roy weer door. 'Met Noorse hapjes van mij, Caribische hapjes van Kim, en goulash van Caaf. En misschien kunnen we Stella vragen wat worst mee te nemen?'

'En jij dan, Ruud?' vroeg Kim.

'Van mij dan blokjes kaas, denk ik,' zei Ruud, 'want ik zal hier nog wel een tijdje zitten.' Hij voegde er haastig aan toe: 'Al heb ik natuurlijk wel wat hete hangijzers in het vuur.'

Het was even stil.

'Hebben we eigenlijk wel budget voor de catering?' vroeg Kim. 'Ik bedoel, in verband met de bezuinigingen?'

'Nou, nu we jou niet meer hoeven uit te betalen blijft er weer wat over,' zei Ruud. 'Dus oom Ruud trekt de portemonnee.'

Het was even stil.

'Mooi, dan ga ik lekker dit weekend een vis begraven voor de gravad lax,' verbrak Roy de stilte. 'Qua Scandinavisch. En ik bestel verder nog wat. Sushi of zo.'

'Niet voor mij,' zei Kim. 'Rauwe vis.'

'Maar wel voor ons, hè Caaf?' zei Ruud.

'Ik doe wel wat,' zei Roy.

Toen Cavia, wat vroeger dan normaal, naar huis ging zag ze dat Ruud met gespannen nekspieren op een vacaturesite zat te kijken.

PARTYCATERING

De volgende dag was de borrel, dit werd dus de laatste 'gewone' werkdag. Het was iets waar Cavia vast van alles bij moest voelen. Maar toen ze naar haar werk wandelde, betrapte ze zichzelf erop dat ze al lijstjes aan het maken was voor de goulashbus. Website laten maken. Mobiel gasfornuis regelen.

'Even in het moment nu,' zei ze hardop. Een passerende meneer keek haar vreemd aan.

Eenmaal op kantoor probeerde ze te luisteren hoe het klonk toen ze over de marmeren tegels van de ontvangsthal liep. Binnenkort hoor ik dit geluid nooit meer, dacht ze.

Tussen de middag maakte ze in de pantry een extra dubbelsterke cappuccino voor zichzelf. Ineens zei iemand achter haar vrij luid: 'Eén goeiedagschotel!' Cavia keek verschrikt over haar schouder. Er stond een klein meneertje. 'Kunt u even tekenen, mevrouw? Ik kom de soesjes afleveren.'

Tekenen? Soesjes?

'U bent?' vroeg Cavia.

'Pardon, Elemans is de naam. Van Elemans partycatering!'

'O,' begreep Cavia, 'voor de borrel.'

'Waar het voor is kan mij niet schelen, maar hier zijn ze!' Hij pakte een schaal van de gang en zette deze op het aanrecht.

'Maar onze borrel is morgen pas,' zei Cavia weifelend, 'klopt het wel dat dit nu al –'

'Daarom zit er láng houdbare room in!' onderbrak meneer Elemans haar. 'Alle kerstborrels zijn op vrijdag, en wij kunnen heel veel, maar de logistieke capaciteiten van de Kerstman hebben wij nog niet onder de knie.' Hij lachte. 'Dus daarom leveren wij de helft al een dag eerder af. Maar dat blijft goed, hoor! Láng houdbaar!' Hij hield een formulier onder haar neus.

'Nou, vooruit dan maar,' zei Cavia, 'maar het zou in het vervolg misschien toch handiger zijn als u...' Ach, laat ook maar, dacht ze. Er was geen vervolg meer.

Ze zette haar handtekening. Er klonk nog een luid 'Auf Wienerschnitzel!' en toen was meneer Elemans weg.

De schaal soesjes stond er nog wel.

Roy kwam binnen. 'Wie was dat?'

'Meneer Elemans, van Elemans partycatering.' Cavia wees naar de soesjes.

'En wat is dit dan?' vroeg Roy, wijzend op de soesjes.

'Soesjes,' zei Cavia aarzelend, 'voor de afscheidskerstborrel.'

Roy grinnikte even. 'Bizar,' zei hij.

'Er zit lang houdbare room in, dus het kon, zei hij.'

'Dat bedoel ik niet,' zei Roy, 'ik had sushi besteld. Geen soesjes.'

'Misschien heeft meneer Elemans door de telefoon "soesjes" verstaan?'

Roy lachte. 'Wat onwijs eighties, dit. Soesjes!' Hij nam er een. 'Nou ja, ook wel weer hysterisch, op een bepaalde manier.'

Cavia lachte ook.

'En Kim kan er ook gewoon van eten!' zei Roy. 'Eind goed, al goed!'

Cavia miste Roy nu al.

KERST IS KERST

Stipt om vijf uur begon de afscheidskerstborrel, en stipt om vijf uur hoorde Cavia een vermoeide stem zeggen: 'Nou, hallo.'

Ze keerde zich om. Het was Anne-Bet. Ze had haar hond met de nierstenen bij zich – gelukkig wel aan de lijn. Wie zou haar hebben uitgenodigd? Vast Kim. Cavia had er zelf in ieder geval niet meer aan gedacht.

'Hee, Anne-Bet!' zei Cavia, en ze wist meteen verder niets meer te zeggen. Gelukkig kwam Roy de pantry binnen en zong met een bewonderenswaardig enthousiasme: 'Haaaa! Anne-Bet is binnen, het feest kan beginnen!'

Anne-Bet antwoordde zonder gezichtsuitdrukking: 'Ja.'

Daarna stroomde de afdeling snel vol. Stella was er, duidelijk met een nieuw mantelpak. Cavia keek nog even of ze haar broer Steven bij zich had, maar nee. Gelukkig maar. Harm-Jan was er natuurlijk niet – die was in Zweden. Hij had een e-mail gestuurd zonder tekst, maar met een foto van een eland.

Kim was er natuurlijk wel, met Stanley. En met de kinderen van Stanley. Ruud was er ook. Hij had kerstbretels aan.

Er werd gezegd dat De Groot, de grote baas van het moederconcern, misschien ook nog langs zou komen.

Er heerste een uitgelaten stemming. Enzo had een gigantische pan goulash bij zich en Roy had de gravad lax 'georganiseerd', zoals hij het zelf uitdrukte. 'Ik had een vis begraven, maar mijn kat vond hem meteen. Dus we eten gewoon Ikea,' vertrouwde hij Cavia in de pantry toe.

Cavia ging rond met de ietwat taaie soesjes. Ze kwam Marja tegen, die even bij hun afdeling had gezeten maar weer terug moest naar de Distributie. 'Dag Cávia!' riep Marja. 'Zo zie je elkaar nooit, zo zie je elkaar op de kerstborrel! Hahaha!'

'Hoe is het nu met je rug?' vroeg Cavia. 'Ik heb je nog geprobeerd te bellen, maar...'

'Tja, de Distributie is de Distributie!' riep Marja.

'Hm-hm,' zei Cavia invoelend.

'Maar: kerst is kerst!'

Cavia begreep niets van deze gevolgtrekking, maar zei: 'Ja, dat is ook weer zo, natuurlijk.'

Om zes uur werd er tegen een glas getikt en hield het geroezemoes op. Ruud ging op een stoel staan en zei: 'De grote baas is er voor zover ik kan zien nog niet, dus ik neem even het woord.' Gejoel. 'Ja, nou, wacht maar,' zei Ruud. 'Even in z'n algemeenheid: goed bezig geweest allemaal. Het was een traag jaar, kunnen we niet ontkennen, maar we hebben denk ik wel met z'n allen een punt op de horizon gezet. Als het wat minder gaat is dat juist een uitdaging om wat meer richting lange termijn te denken, zeker in onze branche.'

Aan de klank van Ruuds stem hoorde ze dat hij een apotheose aan het bereiken was. '... En we nemen vandaag afscheid van een paar rakkers, en dan heb ik het natuurlijk over Stella, Roy, Kim en Cavia, kortom, iedereen die het afgelopen jaar met mij in aanraking is geweest!'

De deur zwaaide open. Een lange gestalte kwam binnen. De Groot. 'Dag kinderen,' zei De Groot.

Ruud bleef op de stoel staan, maar niemand had meer aandacht voor zijn toespraak.

'Ik ben er maar heel even,' zei De Groot, 'maar ik wilde toch namens het moederconcern afscheid nemen van een aantal bijzondere medewerkers. Hij pakte een briefje uit zijn borstzak. En dat zijn: Roy.' Hij keek op. 'Applaus voor Roy.' Er werd geapplaudisseerd. 'En Stella.' Weer applaus. 'En Kim.' Applaus. 'En Cavia.' Enzo begon hard te joelen. 'Sst,' zei Cavia. Ze ging dichter bij hem staan.

‘Cavia, waar ben je,’ zei De Groot.

‘Hier,’ zei Cavia. De Groot ontdekte haar en zei: ‘Dank voor je vernieuwende communicatiestrategie.’

‘Dank u wel,’ zei Cavia. Ze voelde zich alsof ze bij Sinterklaas was geroepen.

‘En dan zou ik nu wel weer zo’n bakje goulash lusten,’ zei De Groot.

Later op de avond stond Cavia in de pantry met Enzo. Ruud kwam erbij staan. ‘En waar gaan jullie dan eigenlijk héén in die bus?’ vroeg hij. ‘Naar Hongarije?’

‘Nou, daar hebben ze al best veel goulash,’ zei Enzo rustig. ‘Onze eerste stop wordt Vaals.’

‘Vaals? Het drielandenpunt?’ vroeg Ruud. ‘Daar zijn toch alleen maar bussen met bejaarden en gehandicapten?’

‘En laten die nou net heel erg van goulash houden,’ zei Enzo. ‘Er is een Alpenfestivalletje daar. Dus daar passen wij prachtig in. Hè Caaf?’ Hij trok Cavia naar zich toe. ‘Twee alpencavia’s op avontuur?’ Cavia knikte.

Ze staarde naar de koffieautomaat. Ze had de neiging het apparaat te aaien.

‘Toch geen tranen, Caaf?’ zei Roy, die ineens met een fles prosecco naast haar stond. ‘We gaan met opgeheven hoofd de toekomst in, hoor!’

‘Ja, weet ik,’ zei Cavia. ‘Vind ik ook. Maar er verandert zo veel.’

‘Verandering is goed,’ zei Enzo. ‘Let maar op.’